문학과지성 시인선 172

세운상가 키드의 사랑

유 하 시집

문학과지성사에서 펴낸 유하의 시집

바람부는 날이면 압구정동에 가야 한다(1991; 개정판 1994)
천일馬화(2000)
무림일기(2012, 시인선 R)

문학과지성 시인선 172
세운상가 키드의 사랑

초판 1쇄 발행 1995년 10월 27일
초판 18쇄 발행 2023년 12월 27일

지 은 이 유하
펴 낸 이 이광호
펴 낸 곳 ㈜문학과지성사
등록번호 제1993-000098호
주   소 04034 서울 마포구 잔다리로7길 18(서교동 377-20)
전   화 02)338-7224
팩   스 02)323-4180(편집) 02)338-7221(영업)
전자우편 moonji@moonji.com
홈페이지 www.moonji.com

ⓒ 유하, 1995. Printed in Seoul, Korea

ISBN 89-320-0770-5 02810

지은이는 대산재단의 창작지원금을 받았습니다.

문학과지성 시인선 72

세운상가 키드의 사랑

유 하

1995

상처가 언어의 빛을 만드는 것이라 말한 그분께
상처의 처음인 그대에게

시집 원고를 덮는다. ……수남형이, 그립
다. 그의 말 한마디가 그립다. 살아서 이별
한 자들의 슬픔이란, 얼마나 행복한 것인
가. 아니, 그것은 헛된 구분일지도 모른다.
그는 내 손에 한줌의 재를 쥐어주며, 인연
의 허망함을 생생하게 깨닫게 해주었다. 그
러나, 지금 이 순간, 시 한 편의 절실함 속
에서 난 또 헛되고 헛되게도 그의 말 한마
디를 그리워하고 있는 것이다.

네번째 시집을 묶는다. 아무래도 사랑의
진창 속에서 살게 될 것 같다. 상처와 심심
한 나날들의 끝없는 윤회, 삶의 에너지가
다하는 날까지…… 생애 첫 격려를 보내주
셨던 김선영 선생님께 늦게나마 감사의 마음
을 전하고 싶다. 시집 정리를 도와준 김소
연·함성호에게도 고마움의 인사를 보낸다.

처음부터 다시 시작할 것이다.

1995년 10월
유 하

세운상가 키드의 사랑

차 례

▨ 自 序

I. 재즈처럼

재즈처럼 나비처럼
──리 오스카, 「나의 길」

서른셋, 갈수록 멀리 쓸려가는 삶
재즈처럼, 예정된 멜로디의 행로 바깥에서
한참을 놀다, 아예 길을 잃었네
잠파노처럼 모래알을 부여안고 울기엔
너무도 이른 나이, 나만의 이름 모를 샛길에
토마토를 심고 아무도 찾지 않는 열매를 위해
하모니카를 불었지 바람의 입술을 빌려,
멜로디의 길을 잃은 연주자에게, 알 수 없는
그리움만이 나침반이 돼주었어
당신…… 독약의 감미로운 향기
사랑이 나를 즉흥적으로 변주할 뿐이었네
마음은 그냥 샛길의 연못에 남아 놀고 있는데
육신이 뒤꿈치의 끈으로 북을 두드리며
세월을 떠밀고, 차가운 심장의 하모니카여
나 상처 없이, 내일도 없이 흘러가리
무덤도 잡을 수 없는 저 나비의 발길로

자갈밭을 걸으며

자갈밭을 걸어간다
삶에 대하여 쉼 없이 재잘대며
내게도 침묵의 시간이 없었던 건 아니다
그러나 자갈에 비한다면……

무수한 사람들이 나를 밟고 지나갔다
무수하게 야비한 내가 그들을 밟고 지나갔다
증오만큼의 참회, 그리고
새가 아니기에 터럭처럼 가벼워지지 않는 상처

자갈밭을 걸어간다 발바닥이 부르트도록
우리는 서로에게 자갈이 되어주길 원했다
나는 지금, 자갈처럼 단련되려면 아직 멀었다,
라는 말을 하고 싶은 게 아니다
난 알고 있다, 저 단단한 자갈밭을 지나고 또 지나도
자갈의 속마음엔 끝내 당도하지 못하리라는 것을

상처는 어찌할 수 없이, 해가 지는 쪽으로 기울어감
으로
  정작 나의 두려움은

사랑의 틈새에서 서서히 돋아날 굳은살,
바로 그것인지 모른다

숲 하나, 달 두 개

그러나 난 노래할 것이다 물오리나무와
달개비꽃, 날아가는 저 노랑할미새——
그 온갖 살아 있는 움직임,
황홀한 순간의 운동성에 대하여

탱자꽃 피고 은하수는 폭발한다
거미는 말의 식욕을 풀어
나비의 관능을 사로잡고
휘파람새 날아올라 우주의 조롱 밖에서
내 노래를 조롱한다

저, 올빼미의 눈
숲 하나, 달 두 개

오, 바람은 이름을 얻지 못하는
들풀들의 흐느낌이 되어주고
그 흐느낌은 내 모든 세포들을 이끌어
저 들판에 풀씨처럼 춤추게 한다

자귀여, 불귀여,

꿀벌의 등을 타고 나는 돌아갈 것이다
세상의 온갖 향기 붐비는 혀의 광장,
시가 꼴리는 꽃의 음문으로

휘파람새 둥지를 바라보며

대나무숲, 휘파람새 둥지를 바라본다
저 바람 속 모든 새집은
새라는 육체의, 타고난 휘발성을 닮아 있다
머물음과 떠남의 욕망이, 한 순간
망설임의 몸짓으로 겹쳐지는 곳에서
휘파람 소리처럼 둥지는 태어난다
새는 날아가고
집착은 휘파람의 여운처럼
둥지를 지그시 누른다

매혹의 고통은 종종
새의 가벼운 육체를 꿈꾸게 한다
하여 나의 질투는 공기보다 가볍다
난 사랑하고 있으므로, 사라지고 싶은 것이다

휘파람새가 비상하기 직전의 날개,
그 소리없는 찰나의 전율을 빌려
난 너의 내부에 둥지를 튼다

느 림

까치 한 마리 나뭇가지를 물고 숲속으로 날아가네
한마음의 뭉클함이여, 나 그대를 불러보네
새가 둥지를 짓기 위해 첫 나뭇가지를 얹어놓듯,
그대라는 이름으로 불러보는 무수한 들꽃과 풀잎

그대 깃들이지 않은 곳 없네 저 휘파람새 울음,
붉은 산수유 열매, 토끼풀꽃, 갈대의 흔들림
새들은 내 눈빛들의 메아리를 물어 온 숲에 둥지를
틀고,
나 빠른 시간의 물살 바깥에서 따스한 알로 정지하네
그토록 느린 저녁의 산책이여, 송진 내음의 사랑은
가슴에 환한 명상의 불빛을 밝히고, 나 그대의
이름들과 함께 이 저녁의 넓이를 한없이 키워가네

그대는 느린 달의 속삭임, 빛의 울타리로 나를 가두네
사람의 마을로 떠밀려가던 생은 멈추고,
기나긴 산책의 오솔길에서 나 그대를 불러보네
이 저녁 그리움 위에 첫 나뭇가지를 얹어놓듯

취한 바다를 위하여
——다시, 구시포에서

구시포의 바다를 아는가,
물때를 기다려 나는 너를 껴안는다
몰려오라 노을아, 취한 심장 가까이
내가 태어나기 훨씬 전부터
바다여, 난 너를 기획해왔나니
이제 마음을 풀어 너를 건진다

수천의 주검을 싣고 돌아오는 고깃배
삶과 죽음의 끝없는 길항이
상상력의 부력을 만들고, 배도 없이 나는 떠간다
그리움은 나의 술잔, 바다를 취하네
언젠가 너의 전체를 내 질병과 바꾸어놓으리
보이는가, 저 별빛 속에 나의 애인이 있다
해풍이여, 나를 남김없이 해체하라
물과 불, 바람, 그리고 먼지……
나는 돌아갈 것이다, 작은 입자들의 우주 속으로

내 피의 선조는 소박한 샘물이었다
그리하여 너도 한때는 내 심장을 씻었거니,
나 소금의 언어로 말할 수 있다

모든 흐르는 것의 어머니가 나를 낳았다 바다여,
그러므로 나는 영원히 진행중이다
부패가 결코 나를 죽일 수는 없으리라
정지된 나를 흐름의 고향으로 되돌려줄 뿐

물결의 여신만이 오직 죽음을 양분으로 생을 만든다
몰려오라 노을아, 난 이미 너의 육체를 알고 있나니
나는 불멸하므로 바다여, 너 또한 영원토록 지상의
썩은 마음들을 남김없이 앓아내야 하리라

나는 뻐꾸기로소이다
──개개비를 위한 시

바람은 나뭇가지를 흔들어 푸른 神性을 연주하고
개개비는 햇살의 음표를 물고 날아와
갈대의 오선지 위에 둥지를 트네
나는 시계 속에 사는 알 밴 뻐꾸기
집도 절도 없는 몸, 흐르는 시간으로 배를 채우며
호시탐탐 개개비 둥지를 노리는

나는 얌체 뻐꾸기, 절름발이 작곡가
차가운 가슴은 저 혼자 알의 노래를 부화하지 못하지
불행히도 내겐 햇살의 음표를 집을 부리가 없다네
개개비 둥지에 몰래 뱉어놓는 내 울음의 욕망들
제 분신들이 버려지는지도 모르고 새는
자신의 목청으로 마침내 내 노래를 완성시키지
오, 부화되는 감각, 내 탁란의 노래여
개개비를 떠밀어낸 그 자리에서 나는
그의 날개가 소유했던 하늘을 내 노래로 바꾸어 부른
다네

이 세계는 나의 둥지, 숲을 떠밀고 바다를 떠밀어낸
그곳에 내 언어를 풀어놓으리, 난 절름발이 작곡가

내 이름은 뻐꾸기로소이다, 지상의 모든 울대를 빌려
내 노래의 영토는 끝이 없다네

시냇물은 너무 쉽게 날 받아들인다

1

시냇물이 흐르고
내 몸 속에선 피가 흐른다
내 피가 시냇물 쪽으로 쏟아져나아가 다시
찬 공기를 데리고 내 몸 속으로 들어온다

지상의 물이 흐르고
시간이 흐른다

집이라는 견고한 덫과 집요하게 나를 물고 늘어지는
일상의 아가리, 악취의 웅덩이 같은 욕망도
시냇물의 세월 앞에선 제 미련의 손을 풀고
흐르는 물로 흘러들어가
결국 한 방울의 물기를 보탤 뿐이다

2

나는 물이 낳은 물의 자식이지만
물의 몸이기를 완강하게 거부해왔다
내가 지나온 곳은 늘 쓰레기 더미로 가득 찼으며
늪지대 악어 같은 혀의 움직임만이

나를 이끌어온 유일한 길이었다

내 살아온 날의 대부분은
투명한 물의 비유를 망쳐놓는 일에 동원되었다
하지만 난 끝내 물에게 용서를 구하지 않겠다
오로지 너라는 매혹을 향하여
흐르고 흘러가리라

왜 사랑은 마음의 두엄 더미만을 먹고 자라나는가

저 바다의 깊이

네가 모르기를 바라며
나는 네 곁에서 떠났다
네 손이 어떤지 나는 모른다
내 이마에 남은 거란
키스의 나비뿐
——로르카, 「마드리갈」 중에서

그녀가 웃었다, 지상에서 가장 푸른빛을 가진
바람이 그녀의 눈부신 치아에 잠시 머물다
날아갔다, 난 그녀에게 비린 입김을 내뿜으며
사랑을 속삭였고 그녀는 그때마다
제비갈매기의 눈동자로 내 위에서 원을 그리며
수평선 같은 열정을 말하는 자의 허무를
읽고 있었다, 그녀의 표정이 나의 거울이 되어주었
지만
난 연신 지독한 사랑의 입김을 내뿜으며
그 씁쓸한 거울을 지워버렸다
파도의 헛된 움직임을 등진 채 그녀에게
키스를 퍼부어댔을 때, 담담한 얼굴로 그녀는
미리 자신의 이마에 남겨질 키스의 나비를 잡으려

했다
　　난 필사적으로 그녀의 양손을 마음속에 가두었다
　　달콤한 입술의 악령 앞에서,
　　정오의 바다 위로 은빛 햇살이 닿는 찰나처럼
　　그녀와 난 정지했다.
　　수평선이 숨겨둔 심연 속 수만의 물고기떼가
　　폭발음처럼 흩어졌고, 저 바다가 한 순간
　　우리의 눈에 고일 전생애의 물기를 대신해주었다
　　헤아릴 수 없는 과거의 추억과, 추억해야 할
　　미래를 남김없이 죽여 태양에게 바친 대가로
　　우린 그때 물비늘 하나의 시간 속에서,
　　깊이를 모르는 바닷물의 기쁨을 얻어낸 것이다

게으른 가수의 사랑

그대여, 지금 이 순간
무진장한 노래의 지하 자원이여

루루, 나는 그대를 채굴하네
루루, 나는 그대를 노래하네

그대는 삶의 온갖 풍경과 느낌들을 한데 모으는
분주한 꿀벌의 움직임,
나 세상을 맛보네, 오직 그대 눈빛만을 열고

그대의 상처, 나의 보석
그대 그칠 줄 모르는 이야기의 밀알들,
내 영혼은 온통 빵 굽는 냄새로 가득 차네

생은 다른 곳에 있어요!
그대는 웃음짓고, 루루, 하릴없이
나는 게으른 상상력의 악어새

시집 속에 산비둘기를 가두다

산비둘기의 성질을 요약해본다
야성, 결벽증, 지혜, 순수, 염결성, 헝그리 정신 등
으로,
그리고 나머지는 집비둘기의 특성
나약함, 몰염치, 눈치없음, 게걸맞음……

그러나 막상 소나무숲 위를 날아가는
산비둘기를 생포해 시의 집 안에 가두자,
그는 곧 죽어버렸다
나의, 너무나 인간적인 고정관념 속에서

내가 산비둘기라고 쓰는 순간,
나의 언어 바깥에서 그의 전체를 운반하던
숭고한 山의 이미지는
허공의 또 다른 산비둘기 품속으로
순식간에 날아가버렸던 것이다

사진 속엔 그녀가 살지 않는다

나는 떠오르는 태양을 바라보며 현재, 현
재 이 순간을 생각하며 다시 한번 그 덧없
이 사라지는 축복의 순간을 고정시켜보려고
애썼다. 마치 살아 있는 나비 몸뚱이를 바
늘 끝으로 고정시키듯.
——장 필립 투생, 「사진기」

난 사진기 뷰 파인더의 손아귀로 그녀의 자태를 낚아
챈다
순간, 그녀의 아름다움은 사로잡힌 물고기처럼
완강하게 몸을 흔들고, 고정된 찰나의 물방울이
사방으로 튄다, 난 절규에 가까운 사랑을 눈동자에
싣고
셔터를 누른다 살아 있는 나비의 육체를 핀으로 찌
르듯
그녀가 웃, 는다 하나 나비의 현란한 율동은
정지된 나비의 몸을 벗어나 저 혼자 날아가버리고,
다만 채집된 것은 내 생의 짧은 열락뿐

사진기, 그 작은 상자 속의 끝 모를 우주

그녀, 잡을 수 없는 나비의 율동은 섬광처럼
나의 컴컴한 내부를 꿰뚫고 지나 어디론가 사라지고
굳어버린 나비의 날개, 한때의 나른한 미소만이
무심히 인화된다 시간은 완벽하게 증발하고,
별은 오래 전에 플래시처럼 폭발한다
죽음의 공포를 한입에 삼킨, 살아 있음의 엑스터시
현실이 빠져나간 시간의 바깥에서
그녀의 표정은 행복한 별빛의 벽화로 붙잡혀 있다

내 망막 저편에 움직이는 그녀 느낌의 지느러미,
혹은 그녀가 감춘 외설의 나비 율동,
난 내 감각의 바늘로 그 보이지 않는 피사체들을
고정시키고 싶다 오, 내가 열망한 건 미이라의 언어
모든 피사체들은 렌즈 속에서 불멸하는 죽음을 산다

죽음이라는 방부제가 모든 삶의 절실한 이미지들을
그대로 보존시켜줄 것이다
난 마음의 셔터를 누른다, 덧없이 사라질 이 순간
　모든 매혹의 풍경들을 종이 피라미드에 미이라로 가
두길 꿈꾸며

희 망

풍뎅이가 방충망을 온몸으로 들이받으며
징허게 징징거린다

(난 그의 집착이 부담스럽다)

나도 그대 눈빛의 방충망에 마음을 부딪치며
그렇게 징징거린 적이 있다

이 형광등 불빛의 눈부심은
어둠 속 풍뎅이를 살게 하는 희망?

(글쎄, 희망이란 말에 대하여
너무 부담 갖지 말라고, 그가 속삭인다)

그 무엇보다도,
징징대는 자신의 모습을
사랑하지 않았다면
풍뎅이는 벌써 풍뎅이의 삶을 버렸으리

거미 여인의 키스

나방이 날아간다 불빛의 퇴폐를 향하여
날개의 상투성이 견딜 수 없는 것이다
거미 여인의 키스, 저 죽음과 바꾸고 싶은!
더 이상은 자기 육체가 아닌 곳으로
내려가고 싶다, 악수하라 몸의 빗장 밖에 서 있는
매혹의 악령이여, 나방이 날아오고
관능의 침묵 끝에 매달려 거미 여인이 웃는다
긴 독사 혀의 외줄을 타고 삶의 절정을 맛보듯
죽음을 위반하세요, 당신은 아주 즐겁게
파먹힐 거예요 은빛 그물은 광기의 그리움,
생이 엎질러진 곳에 생이 있어요, 그의 광기가
마침내 중독된 삶의 권태를 살해하리라
거미 여인의 날카로운 키스여, 나방이 날아간다
일상의 어둠 저편으로 날개의 족쇄를 내던지며,
식욕의 殺意가 빚어낸 저 황홀한 무늬의 퇴폐,
끈끈한 덫의 은빛 유혹 속으로

중독된 사랑

그 사람의 어떤 말과 행동이 내게 상처를 주었고
나는 한동안 깊은 마음의 병을 앓았다

오랜 시간이 지난 후, 그 사람에게
내가 무엇 때문에 상처받았는지를
힘겹게 고백하려 하였으나, 막상
그토록 쓰린 아픔 이외엔 아무것도 기억나지 않았다

굳은 약속을 파기한 그 순간, 내 가슴에 박혔던
그 사람의 구체적인 표정과 몸짓은
얼음 화살처럼 지워져버렸고
오직 다친 마음의 흔적만이 모질게 나를 탓하였다

그럴수록, 난 고통을 견디기 위해
붉은 상처의 바깥에서 여전히 건재한
그 사람의 매혹에 얼굴을 파묻고,
사랑의 환희만을 안간힘으로 흡입했던 것이다

네 번의 결혼식과 한 번의 장례식

1

사내는 결혼식에 간다 친구의 들러리를 서기 위해, (결혼에 관한 한 그는 늘 들러리 의식을 갖고 있었다) 거기서 그는 우연히 신부 친구와 눈이 맞는다 (앤디 맥도웰 같은 여자를 상상하면 좋겠다) 처음 본 그날, 사내와 여자는 돌발적으로 관계를 맺는다 다음날 아침, 그녀는 사내에게 장난기 어린 목소리로 묻는다 우리 결혼하지 않을래요? 사내는 당황한다 우린 겨우 한 번 만났을 뿐인데…… (사내는 결혼이란 두 개의 영혼이 하나로 합쳐지는 순간이라는, 고정관념을 갖고 있다) 여자의 얼굴이 일순 꺼졌다 켜진다 호호, 농담이었어요 그녀에겐 '자유분방함'이라는 알리바이가 있다

그들은 다른 친구 결혼식에서 다시 조우하게 된다 그리고 또 한 번의 즉흥적인 정사, 사내가 묻는다 도대체 몇 명의 남자와 잤죠? 사내는 여자의 내부에 보일 듯 말 듯한 컴컴한 다락방이 견딜 수 없이 궁금하다. 그녀를 사랑하게 된 것이다 글쎄, 34명 정도? 그럼 나는? 당신은,, (순간, 진한 아픔의 그림자가 지나간다) 32번째였어요 당신은요?…… 둘은 서로의 기억 저편에 닫아둔

다락방에 대해 묻는다 사랑하는 사람들의 가장 큰 욕망
이란, 서로의 뇌수 뚜껑을 열어 그 은밀한 다락방을 들
여다보고, 그 공간을 완벽하게 지배하고픈 것일지도 모
른다 그 다락방조차도 햇빛 가득한 창문을 내고 자신의
살림살이를 들여놓고 싶다는 욕망, 두 사람은 서로에게
이해될 수 있게, 다락방을 털어 재빨리 케케묵은 상처를
윤색하고, 비밀의 서랍을 정리해보지만, 그래도 말할 수
없는 것들이 있다 그것은 숨길 수밖에 없는 그 무엇이
아니라, 원래 침묵의 편에 서 있는 것들이다 (두 사람
사이엔 침묵의 심연이 가로놓여 있다) 지금 이 순간의
'불타오름,' 그리고 나머지는 온통 무심한 어둠, 그 불
꽃의 저편은 내 격정의 영토와는 무관하다 그 어둠 속
에, 내 불타오름의 '타인'인 내가 살고 있고, 그녀의 불
타오름의 '타인'인 또 다른 그녀가 살고 있다 이 순간의
불쏘시개가 될 수 없는 상처들은, 타인인 '나와 그녀'가
사는 세계, 어둠 그 자체로 그냥 남을 뿐이다 그 사실을
도저히 인정할 수 없기에, 어린애의 칭얼거림으로 그 어
둠의 세계를 들쑤시듯 간섭하거나, 아예 말문을 닫아버
린다 그 '말할 수 없음'이 사내와 여자의 내면에 몇 개
의 우주가 있음을 깨닫게 한다 이 불꽃에서 보면, 먼 별

속에 서로의 소유가 될 수 없는 '저편의 아름다움'이 있
다 불꽃의 매혹이 클수록, 그렇게 먼 그대, 타인됨의 아
름다움이 고통스럽다 그 고통의 속수무책: 둘은 저 바다
를 방관할 수밖에 없는 소나무의 마음처럼, 서로를 그대
로 두기로 한다 그 후로도 두 번의 결혼식이 더 있었다

                              2
  그리고 한 번의 장례식, 결혼식 하객 한 명이 죽었다
  그에게도 침묵의 성질을 타고난 미세한 상처의 흠집,
비밀들과
  콤플렉스의 두개골, 그리고 몇 가지 삶과 사랑의 우
주가 있었지만,
  그것들은 이제 더 이상 그의 몫이 아니다, 물론 침묵
의 몫도 아니다
  그의 내면에 존재하던 무수한 타인들은 하나로 겹쳐
지는 게 아니라
  재즈처럼 두서 없이 불연속적으로 소멸된다
  그를 사랑한 자들만이 말없음의 강을 사이에 두고
괴로워할 뿐,
  (애도는 산 자의 공포를 잠시 위안의 무덤으로 인도

한다)
　이윽고 산 자의 사랑은 몇 방울의 눈물을 징검다리 삼아
　잽싸게 다른 우주로 이주해간다

　한 영혼의 홈집은 자취도 없이 사라지고,
　그 자리에 세상의 홈집만 깊게 남는다

　무덤은 사자의 모든 것을 포용하면서, 동시에
　아무것도 받아들이지 않는다, 하여 사자의 은밀한 상처와
　자의식들은 이제 완벽하게 흙의 무심함 속에 보존되거나
　혹은, 완벽하게 허공과 몸을 바꾼다
　그가 생전에 마음의 눈길을 주었던 나무와 꽃잎만이
　그 사라진 다락방의 움직임을 알고 있으리라

3

　두 남녀는 결혼식을 포기하고 그냥 같이 살기로 한다
　다른 두 개의 하늘, 두 개의 태양 아래서

그리고 서로의 얼굴에 언뜻 스치는 먼 별빛의 아름다
움을

권태의 손가락으로, 가끔은 겸연쩍게 가리키며, 웃음
짓는다

불꽃의 에너지는 아직도 유효한 것이다

불꽃이 살아 있을 동안은, 서로를 알아볼 수 있으
므로,

사진기 속의 우주

거대한 사진기 몸통 속의 세계,
보라, 이 어둡고 한정된 공간 속으로
새어들어오는 빛의 눈부심을
나는 별빛의 렌즈를 통해, 움직이는 매혹
그 존재의 신비를 희미하게 목격할 뿐이다

난 넋을 미치도록 쥐어짜, 發光한다
저 무심한 우주의 필름 속에, 살아 펄떡대는
이 호흡하는 순간의 관능을 새겨놓기 위하여
문득, 몸 안에 저장된 태양빛의 기억이
투명한 강물의 인화지로 나를 이끈다
마음을 놓아두고 강물에 안겨버린
그림자, 욕망이 떠나버린 내 현생의 폐허

나는 홀로 태어났고 홀로 죽어갈 것이다
삶이란 외마디 발광,
죽음 앞에서 미칠 수 없다면
이 생명의 황홀한 빛은 나를 맛보지 못하리
흐르는 물비늘 위의 은빛 정지,
고독한 자들은 시를 찾아 떠돌고

우주는 그들을 위해 영원의 오르가슴을 예비한다

난 잠시 죽음을 놔두고 그림자 숲속으로 간다

어떤 질주에 관한 명상

한 여자 아이가 힘차게 달려간다 축구공을 차며
금방이라도 소녀, 쪽으로 기울어질 듯한 긴장감이
축구공을 팽팽하게 부풀리고 놀이터를,
수많은 꽃망울들을, 허공을, 둥그렇게 부풀린다
그 아이의 가슴이 위험하다 힘차게 질주하는 모호
성이
위험하다, 키들거리며 여자 아이가 달려간다
수컷됨의 모든 뾰족함을 비웃으며, 그
뾰족함을 넘어서, 그 애의 공이 막무가내로 굴러간다
곡선의 여성이 아이의 몸뚱어리를 억세게 잡아당
기는
반대편으로, 그 애는 달아난다 이미지의 고무줄이
탱탱하게 응응 소리를 낸다, 내 마음이 연처럼 솟구
치고
찌그러진 달이 공처럼 삽시간에 부풀어오른다
굴곡의 여신을 젖 먹던 힘으로 뿌리치는
한 여자 아이의 질주, 그 허공의 충일한 긴장과
가장 날카로운 시간의 모서리가 충돌한다
곧 둥근 달은 바람이 나가고 그 애의 가슴이 부풀리라
육체는 이내 그 부피만큼의 바람으로 흙을 둥글게

부풀리고, 또 다른 공과 달이 팽팽하게 굴러가리라
그 애가 멈춘다, 우주의 풀무질도 잠시 멈춘다

그리움을 견디는 힘으로

붉게 익은 과일이 떨어지듯, 문득
그대 이름을 불러볼 때
단숨에 몰려오는, 생애 첫 가을
햇살의 길을 따라 참새가 날아오고
바람은 한짐 푸른 하늘을
내 눈 속에 부려놓는다
마음 닿는 곳이 반딧불일지라도
그대 단 한 번 눈길 속에
한세상이 피고 지는구나

나 이 순간, 살아 있다
나 지금 세상과 한없는 한몸으로 서 있다

그리움을 견디는 힘으로
먼 곳의 새가 나를 통과한다
바람이 내 운명의 전부를 통과해낸다

나무의 지혜

대나무숲이 있다
대숲이 거센 폭풍을 잠재울 동안 사람들은
아늑한 꿈의 대숲 속으로 깃들일 수 있었다
사람의 지혜가 그 숲을 만든 것이다

대나무숲이 있다
바람 불면 그 무수한 구부러짐의 장관이
사람들의 눈을 사로잡았다
나무의 지혜가 아름다움을 만든 것이다

대숲 가의 사람들은 끝없이 찬양했다
그 아늑한 꿈과 아름다움의 지혜를
그러나 두 가지 지혜를 안간힘으로 길러냈던
거대한 뿌리들은,
어둠 속으로 깊이깊이 몸을 내릴 뿐이었다

저물녘을 노래하다

이제, 빛의 넋들을 태양에게 돌려줄 시간이다
보리 이삭 끝에 머물던 햇빛들
서둘러 공기의 푸른 장막을 거두려 올라가고
곧 노을은 하루의 몰락을 준비하리라

지금 이 순간의 몰락을 위해
한나절 몸을 환하게 태우던 탱자나무꽃
저무는 보리밭 잔등을 넘어가는 등 굽은 황소,
눈부신 구릿빛 방언들, 생애 첫 저녁을 맞이하듯
몰락하는 곳에서 빛의 새들을 날려보내는 자들은 아
름답다

부른 배를 움켜쥐고 탁란의 기회를 엿보는 뻐꾸기,
날아오라 바람의 어미들아, 집착의 눈알은 꺼지고
마음은 정지한다, 일순 숨을 멈춘 일몰이여
새들은 소멸하는 노래로 발을 씻어
적요 앞에 경배한다
마지막 노을의 불화살이 부엉이의 숲을 점화시키고
저녁의 둥지 속엔 태양의 탁란,

둥근 알이 노랗게 떠오른다

태풍의 작명가를 위하여

> 그는 고장난 형광등처럼 전체와 무 사이
> 를 신경질적으로 점멸한다
> ──정과리, 「빼앗긴 그리움,
> 혹은 여성주의의 파산」

태풍의 작명가가 되고 싶다
바다를 손아귀에 쥐고 흔드는
그 거대한 힘에게 이름을 붙이며 살고 싶다
작명이란, 인성을 불어넣는 일과 같아서
태풍 '더그'는 더그라는 키 큰 사내처럼 싱겁게
태풍 '엘리'는 엘리라는 여자의 운명처럼 왠지 슬프
게 살다 간다
자연이 주는 매혹과 엄청난 공포를 견디기 위해
우린 종종 이름이라는 이미지의 우산 속으로 도피해
가고,
'죽음'이란 단어가, 서서히 죽음을 향해 나아가는
나를
때론 안심시킨다, 이상한 일이다
천지현황의 모든 움직이는 실체들은 이름을 얻음으로
해서

비로소 영상화된다

그래, 엘리라는 여인과 사랑에 빠지고 싶었지

언어는 태풍을 엘리라는 여인의 관능성으로 뒤바꿔 놓는다

자연은 무소불위의 힘을 갖고 있지만 난

그의 奴僕이 아니라 언어의 노복인 것이다

모든 소멸하는 것들은 이름을 욕망한다

나는 소멸하는 모든 것에 이름을 붙이고 싶다

소멸을 향하여 움직이는 것들은

이름을 붙이는 그 순간, 필사적인 환희의 전체로 정지한다

지구의 기나긴 시간으로 보자면

태풍이란 것도 형광등이 깜박이는 순간에 지나지 않는다

모두들, 죽음이라는 무의 시간으로 돌아가지만

형광등이 깜박이는 찰나의 전체 속에서

삶이라는 이름으로 붙어 살아가고 있는 것이다

드루 배리모어, 장미의 이름으로

내 이 세상 도처에서 쉴 곳을 찾아보았으
되, 마침내 찾아낸, 책이 있는 구석방보다
나은 곳은 없어라
　　　　──소설 『장미의 이름』에 붙이는
　　　　　　움베르토 에코의 서문

옛날 어린이들은 호환, 마마, 전쟁 등이
가장 무서운 질병이었으나 현대의 어린이들
은 무분별한 불량 비디오를 시청함으로써
비행 청소년이 되는 무서운 결과를 초래하
게 됩니다…… 한 편의 비디오, 사람의 미
래를 바꾸어놓을 수도 있습니다
　　　　──영화 「장미의 이름」에 대한
　　　　　　문화공보부의 서론(?)*

어린 날, 내 망막의 처녀지에 맺혔던 붉은 꽃의 아름
다움, 나는 그 꽃 이름을 몰라 며칠을 앓아야 했다네 마
침내 그 이름이 '장미'라는 걸 알았을 때, 비로소 아름
다움에 대한 제공권을 완전 장악한 것 같은 망상에 사로
잡혔지 그때 어렴풋이 깨달았어 이름이란 내가 소유할

수 있는 아름다움의 영토를 명확하게 해준다는 것을, 그
러니까, 내 것이 아닌 장미를 질투하는 힘으로 장미의
이름을 외운 거라네 매혹적인 이미지에 견딜 수 없을
때, 나는 매혹의 이름을 찾아 헤맸어 영혼을 부르는 듯
한 새울음을 향해, 호랑지빠귀, 라고 불러보는 그 순간,
울음의 매혹과 비행할 수 없는 육체의 슬픔을 견딜 수
있었지 존재의 참을 수 없는 휘발성, 결국 장미도 이름
으로만 남는 거야

　향기의 움직임이여, 그대는 누구의 소유도 아니라네
나는야 할리우드 키드였으므로, 할리우드 여배우 이름
이나 외우며 사춘기의 전부를 허비했지 저수지의 개, 같
은 날들이라고 비웃지 말게 난 모든 종류의 진지함을 경
멸했어, 그게 나의 호환이고 마마야 과연, 이름 속에 갇
혀 있는 게 진리일까? 비비안 리의 해골에 담긴 물을 마
시고 잠깐 깨달음을 얻은 적도 있었지 하나 나의 상상력
은 자꾸만 썩은 물이 고인 저수지처럼 음습한 곳으로 향
하는 것 같아 심지어 불량 불법 비디오에 나오는 모든
배우의 이름을 알고 싶어 이발소 그림, 화신극장의 쇼
걸, 만화에 나오는 등장인물들, 해적판 레코드 위에서
희미하게 광란하고 있는 기타리스트, 바기나에 난 점이

인상적이었던 포르노 배우…… 폐기물들의 환희……
뭐 그딴 것들, 내 청춘의 도서목록이랄까 나는야 쓰레기
의 이름들로 붐비는 지하 도서관, 내가 택한 건 향기 없
는 진리보다 지금 이 순간, 독버섯의 매혹, 문득 독약을
곁들인 웃음의 스테이크를 먹고 싶네 서른 넘어 만화방
한구석에 앉아 라면을 먹으며 저수지를 어슬렁거리는 개
처럼, 쿡쿡, 웃었지 잔뜩 무게 잡고 있는 세상을 향해,
　내 이 세상 도처에서 쉴 곳을 찾아보았으되, 후미진
만화방보다 나은 곳은 없어라
　더 이상 내려갈 곳이 없으므로 나는 행복했네
　난 한 편의 불량 비디오에 의해 미래가 바뀌길 바랐어
　아무것도 저지르지 못한 삶, 난 언젠가 인생의 안전
핀을 제거할 거야
　폐기 처분될 운명들에 대한 내 연민의 저인망, 승자
도 패자도 없는
　진흙탕 위에서 레슬링하기, 산다는 것은

　비디오 숍에 가면 수많은 거짓말들이 제 이름을 대며
꽂혀 있지
　난 진실한 사랑을 네게 고백했어 & 난 달콤한 거짓

말로 널 따먹었어

　우우 불타는 불량 테이프들의 환희처럼

　거짓말들은 사라지고 사랑의 이름만 남는다네

　드루 배리모어, 존재의 참을 수 없는 휘발성으로 널 부른다

　12살에 건너간 마약과 알코올의 바다, 할리우드라는 영원한 기쁨조,

　그리고 환각과 환멸의 도플갱어, 난 너를 모르네 아니 알 것만 같네

　가장 강력한 마약은 마음속에 있지 드루 배리모어,

　인생이라는 환각에 취해 널 부른다 겉늙은 미소 짓지 마

　너를 마지막으로 내 청춘은 끝이 났다 말하는 순간,

　지상 첫 붉은 열망의 파도가 다시 밀려온다네

　변방의 한 시인이 거대한 세계의 수캣구멍을 들여다보며

　오물의 상상력으로 말한다 몸부림치며

　썩어가는 모든 것들이여, 모든 쓰레기의 악령들이여,

　내게로 임하라 내가 썩으며, 장미 먹는 벌레처럼

　아름다움의 영토를 토해내리니

망막의 처녀지가 내게 물었네
악취와 향기, 무엇이 옳고 그른가
나의 후각이란 지식처럼 방자한 것,
망막의 처녀지가 다시 내게 물었네
붉은 꽃이여, 어떤 이름이 이를 대신할 수 있는가

* 움베르토 에코, 조형준 옮김, 『철학의 위안』, 「역자 후기」 중에서.

내 몸을 걸어가는 길

길은 미래를 향해 뻗어 있지만
그 길을 만든 건 추억이었다

길은 속도를 위해 존재해왔다
하지만 추억의 몸인 그 길은 자꾸
속도의 바깥으로 나를 끄집어내곤 했다

실연의 신발은 속도를 갈망했고
사랑의 신발은 정지를 찬양했다

바뀐 사랑을 이끌고 그 길을 지나갈 때마다
새로운 추억은 그보다 오래된 추억을 지웠고
가까운 미래는 더 먼 미래를 지웠다
하여, 미래와 추억은 어느 순간 길 위에서 만났다

난 이미 낡아버린 신발로 미래를 추억하였다
길이 끝나는 곳에서, 그 길은
내 암흑의 내부를 걷기 시작했고
비 내리는 내 기억들의 필름이 몸을 풀어
길의 미래가 되어주었다

술과 장미의 나날

이제 장미는 문을 닫았다, 나 오솔길이 끝나는 곳에서
한숨 짓는다, 축제의 폭죽은 싸늘한 먼지로 사라지고
펄럭이던 혀와 술잔은 어둠의 얼룩으로 메말라 있다
흩날리는 머리칼, 웃는 얼굴들, 마음의 은밀한
기타통을 울려대던 햇살의 관능적인 손가락, 사랑
은 늘
눈빛의 과녁 옆으로 미세하게 비껴나는
나비의 움직임 같은 것이었다, 바랜 꽃잎처럼
떠나버린 여인들의 자리, 그 여백만큼 갈라진
시간의 물살만이 빠르게 그 육체들을 추억했다, 매
순간
내 피의 알코올을 모두 장미에게 쏟아부었고
그 붉은 빛의 동전에 취해, 나 주크박스처럼 끝없이
노래불렀다, 맡겨둔 나의 넋마저 영영 싣고 가버린
빛의 노래들 난 희망을 입술에 꿀처럼 처발랐었다
벌떼의 날갯짓, 그 온갖 말들의 황홀한 소란이 끝내
침묵이란 무덤을 알아차릴 수 없도록, 그러나
이제 장미는 문을 닫았고, 늦은 욕망만이 내 몸에 대
롱을 꽂는다
몇 사람은 깨진 술잔처럼 흩어졌고, 일부는 어둠 저

편으로

　빨려나갔다, 오솔길 끝에서 노래 없이 난 말한다

　그 열애의 지저귐, 노래의 살결을 귀 멀도록 빛나게
한 건

　정적의 힘이었음을, 하여 나 지금 장미의 닫힌 문 앞
에서

　담담하게 입술을 닦는다 오, 희망이여, 나의 벌레여,

　오늘 나는 환멸에게 인사하런다 향기의 해골에 기대어

　장미는 문을 잠그고, 내 푸른 영혼도 노래를 따라 날
아갔다

흑연과 다이아몬드

다이아몬드와 흑연은
같은 구성 원소로 이루어져 있다
다만 차이가 있다면, 흑연은
원자의 결합 상태가 느슨하고
조직이 헝클어져 있을 뿐

그렇다면 혹 나도, 심신의 조직이
미세하게 헝클어진 관계로
광휘만을 숭배하는 이 인생의 광산 속에서
흑연을 닮은 사람으로 살고 있는 게 아닐까

매순간, 자신의 육체를
값싼 종이의 여백과 기꺼이 맞바꾸고 있는,
캄캄한 흑연의 운명

같은 구성 원소? 물론 다이아몬드는 간단히 비웃겠지
같잖은 흑연의 광물적 몽상과 비약을,
그러나 닮아지는 살들이여, 난 끝끝내
흑연의 영혼으로 걸어갈 것이다
저, 노래의 다이아몬드를 향하여

Ⅱ. 세운상가 키드의 사랑

재즈 0

소니 롤린스, 뉴욕의 한 강가에서
밤이면 삶에 취해 색소폰을 불던 사내
쿨재즈라든가, 하드밥
그래, 인생의 반은 120%의 cool한 영혼,
나머지는 격정적인 하드밥의 육체

차디찬 영혼의 냉장고를 메고
하드밥의 리듬으로 날아가는 나방이여,
혼자서 상처의 끝까지 가보리라

별빛과 달, 나의 유일한 재즈 카페
호화 객석도 청중도 없다, 원하지도 않는다
그러나 난 연주하고 연주할 뿐,
저 강물이 수만의 귀를 일으켜세울 때까지

재즈 1

운명이여, 나를 내버려두게나
즉흥적으로 이 세상에 와서
재즈처럼 꼴리는 대로 그렇게 살다 가리니

난 마음의 불협화음을 사랑하게 됐어
계획되고, 요약 정리될 수 있는 인생이란 애초에 없
었던 거야
대체 난 누굴 사랑했던 걸까
연주할 수 있는 상처가 남아 있다는 것,
그게 삶을 끌고 가는 유일한 힘일지도 몰라

내 사춘기의 스승은 세운상가였지
태양 아래 새로운 환락은 없다고
소니 티브이 화면의 그 금발 포르노 여배우가 그랬어
말린 지네와 해구신, 그리고 펜트하우스의 거리
욕망한다는 것,
그 자체가 쓰레기의 끝없는 재활용일 뿐이야

외설의 대폭발을 겪은 자만이
명상할 자격 있어라?

썩지 않는 몸이란 없겠지, 일상의 신비가 다 걷히면
부패가 결국 삶을 구원할 거예요

난 이미지의 노예야, ……하지만
그리움이, 더 이상 삶의 에너지가 아니길 바래
호흡하고 있다는 사실에
견딜 수 없이 내가 짓눌릴 때,

영혼에 구멍을 뚫고 색소폰을 불고 싶어

재즈 2

나이를 먹을수록
욕망은 역한 하수구 냄새를 풍긴다
그러므로 나는 시를 더 잘 쓸 수 있으리라

난 모든 종류의 학교를 경멸해
한데 왜 아직도 모범답안의 미소 안에
갇혀 있는 걸까
두서 없는 재즈의 육체가 부러웠어

너를 사랑한다, 말한 순간
너는 늘 거기에 없었지
헛세상, 헛마음, 헛기침
운명은 그저, 우주가 들려주는 소박한 선율이야

죽음은 좌절과 차원이 다른 것 같아
언제나 아픔은 살아 남은 자의 몫이지
그러나 나는 결코,
삶이 죽음의 아류가 되는 것을 원치 않는다네

저녁의 막막함을 통과한 자만이

아침 햇살에 눈멀리라 믿어

가장 더러운 암흑은 자기 몸 안에 있지요
난 영원히 거기에 충실할 거야

재즈 3

옛사랑이란 노래가 있지
이제 그리운 것은 그리운 대로 내 맘에 둘 거야……
때론 그렇게, 시보다 시적인 노래가 있지

절, 실, 하, 게, 느끼는 순간들
세상은 왜 그만큼만 비유가 허용되는 걸까
살다보면 종종 느끼곤 해
내 맘보다 더 내 맘 같은 하늘
내 눈보다 더 내 눈 같은 별
내 노래보다 더 내 노래 같은 바람

돌아보면, 옛사랑
나는 개미처럼 절실했어
그래, 절망에 꿀을 입혀 꿀떡 삼킨 사랑

내가 사랑한 건 결국,
네가 아니라 그리움이었어
난 막연한 니힐리스트가 아니야
그림자보다 더 그림자다운 나를 분명히 보았거든

그리고 턴테이블의 거듭 튀는 음반처럼
나 지금 생의 한가운데를 걷고 있어요

재즈 4

재즈 아티스트 쳇 베이커는
빌딩 위에서 투신 자살했다더군
마이 풀리시 하트,
그렇다고 재즈 같은 삶이 완성되었을까

죽음에 훌쩍 몸을 던지는
그 즉흥적 멜로디에 난 몸서리치지
마약 중독자와 삶의 중독자는 무엇이 다른가
삶에 중독된 만큼 난
땅에 뿌리박은 풀잎의 기쁨을 연주하고 싶어

난 마음의 질병과 함께 살아갈 거야
그가 마침내 나를 지겨워할 때까지

삶은 거대한 관악기
음악이 되고 싶은 자만이,
더운 바람의 절규가 되어
그 길고 어두운 울림통 속을 뚫고 들어가지

죽음이 과연 삶의 완결편이라 생각해?

들어봐, 죽은 이가 남기고 간 음성은
육체도 목숨도 없이, 저렇듯
산 자보다 더 간절하게 삶을 노래하고 있는 것을

재즈 5

한때 유행했던 것들
통기타와 포크송, 올디스 벗 구디스
리칭과 진추하, 박원웅과 함께
서금옥의 이브의 연가 아드리느를 위한 발라드
해도 잠든 밤하늘에 나는 못난이……

몸 또한 유행가를 닮아 있다는 생각,
지나간 유행가에도
한때 환희의 절정이 있었겠지?
그래, 그 '한때'라는 의미가
모든 종류의 유행가를 구원하고 있는지도 몰라

몸 안에 격렬하게 머무르는 그 무엇,
유행가는 어느 순간 사라짐으로써 자신을 완성하지
그러니까 한창 유행될 때
소멸과 정답게 악수하자구

난 가끔은 바흐보다 조덕배에게 위안받곤 해
놓쳐버리는 게 많으니깐 말야……
살맛이 나, 가수는 노래하고 세월은 흐른다던

독일의 허수경이 보고 싶기도 해

그녀 말대로 모든 인연이란 비통한 거야
몸 있을 때,
부디 서로서로를 愛唱해주길 바래

재즈 6

해운대 백사장을 걸었다
무너지기 직전의 노을
오늘도 하루의 세상이 용서받는다

노을 같은 마음으로 살리라

내가 욕망하는 것이 아니라
욕망이 나를 낳았다는 생각,

욕망이 또 하루분의 나를 낳을 때,
파도의 운명을 생각했다
끊임없이 몰려오고 또 몰려오지만
결국 아무것도 이룰 수 없는

삶의 모래사장 위에 글씨쓰기
지우개처럼 몰려오는 파도를 바라보며,
고작, 글씨체가 불만스러웠다

노을이 마지막 손길을 저어 물었다
네 상처의 색깔도 나와 같니?

난 아직 멀었다고 했다

인생이라는 뻔한 내러티브의 드라마
나는 한치 앞만을 내다보며, 웃는다

재즈 7

세상은 내게 더러움을 선물로 주었지만
나는 그 더러움으로
생명의 하프를 뜯지요

나의 관객은 태양이야
어쩔 수 없이 변해간다는 것,
(예쁘게 세상을 살아가는 것처럼 행복한 건 없겠지)
난 그레타 가르보의 심정을 이해해

내 마음의 스피커는 재즈 전용인가봐
추억의 건반, 희망의 소프라노 색소폰
사랑의 베이스와 증오의 드럼이 뒤죽박죽 터져나오는

우린 과거를 추억하는 것이 아니라
과거라는 고정관념을 추억하지
동남 샤프 흑백 티브이의 철인 28호
우주의 왕자 빠삐, 그리고 박정희
그 70년대의 객관적 상관물들
내 지나온 꿈에선 왜 낡은 만화책 냄새가 나는 걸까?

두 살인마 친구의 '우정'에 대해 걱정하던 시절
90년대는 그렇게 기억될 거야
이제 진실은 어여쁜 키치의 이름으로나 불려지곤 하지

존 콜트레인이 연주하는 마음의 나라에서
언어를 버리고 실컷 울었어
절망만이 유일하게 나를 충전시켜주었지

내가 행복했다면, 아마 달빛의 弦을 보지 못했을 거야

재즈 8

겨울 아침, 슬픈 붕어의 눈을 닮은
한 소년에게 이끌려 붕어빵을 한 봉지 샀다
붕어빵의 지느러미를 한 입 베어먹으며
내가 그에게 이끌렸던 이유를 생각했다

저 소년은 얼마나 세상의 절구통 속에 자신을 짓이겨
마음의 '앙꼬'를 만들었을까

세상엔 두 종류의 사람이 있다
앙꼬를 만드는 이와
앙꼬를 먹어치우는 이
난 참회하는 심정으로, 덤덤한 표정의 붕어를 타고
그 앙꼬의 공장으로 가고 싶었다

이 세계의 허공에도
붕어빵 기계는 있다
내 안의 이미지도 거기서 찍혀져 나온 것이다
나를 부풀렸던 이스트 같은 꿈들

그가 텅빈 내 가슴속에
자신의 앙꼬를 덤으로 넣어주었다

멋쩍은, 시인

솟쩍다 솟쩍다 대숲 너머
소쩍새가 운다
마치 이 세상엔 어둠과 소쩍새
그 둘만이 살고 있다는 듯

소쩍새는 밤새 제 울음에 취해 울고
밤새 울어야 하는 운명을 저주하며 운다

그러나, 그 울음이 없었다면
이 밤의 침묵과 평온은 얼마나 멋쩍었을 것인가

그 여자의 이미지

한 여자의 눈빛이
문득 강을 풀어놓을 때,
한 여자의 눈빛이
문득 바다를 풀어놓을 때,

내 마음 지느러미 상한 은어떼처럼
그 바다와 강을 거슬러올라
끝내 그녀의 눈빛에 다다르지 못하리

참치죽이 있는 LG 25시의 풍경 1

> 편의점이 생기고 나서부터 한밤중에도 나
> 의 육신이 불을 환히 밝히게 되었다는, 쉴
> 줄 모르게 되었다는 생각을 한 적이 있다
> ──정진규, 「몸詩 90」중에서

24시간의 일상, 그 끄트머리엔
25시라는 상상의 편의점으로 통하는 비밀 통로가 있다
난 24시의 일상을 탈영한, 떠도는 자이므로
박쥐처럼 익숙하게 그곳으로 스며든다
24시간의 편의를 위해 아무것도 기여하지 않은 손으로
뇌수의 냉장실 문을 열고, 오늘은

그랑 부르를 잃어버린 참치의 고독을
하나 꺼낸다, 가격은 영혼의 살점 한 덩어리
난 인생의 편의를 도모하기 위해, 스물네 시간
편의점 사장에게 시집간 한 여자를 기억한다
멸치 대가리들이 다물어지지 않은 아가리로, 사랑했니?
묻는다, 과연 LG 트윈스가 코리안 시리즈에 직행할
까요
참치는 나름대로 선전했지만

죽그릇 속에 완봉당한 채 누워 있다
난 밀봉된 인스턴트 식품처럼 사랑에 대해 침묵한다
그때 나는 끝없는 삶의 그랑 부르를 부르짖었지만
그녀는 용케도 내 표정 뒤에 숨은 참치죽을 보았던
것이다

그래도 참치는 편의를 위해 헤엄치지는 않았으리라
그래도 참치는 생을 죽쒀서 내 허기의 그랑 부르를
달래주리라

죽으로 요약되는 허망함을 딛고,
꿈속에서도 참치는 계속 헤엄쳐간다
육신의 내부를 밝히는 심장의 불빛이 꺼질 때까지,
난 25시 편의점처럼 쉴 줄 모르고
참치에게 푸른 바다를 제공할 것이다

24시간의 일상, 그 끄트머리엔
25시라는 상상의 편의점으로 통하는 비밀 통로가 있다
영혼의 살점을 지불할 수 있는 자만이
박쥐처럼 익숙하게 스며들 수 있는

너에게 삐삐를 친다

현실에 얽매인 에로 체험은 요행의 기다
림이라 말할 수 있다
　　　　　　　──바타이유, 『에로티즘』

너를 호출한다 잠시 후면 나의 분신인
아라비아 숫자가 너를 두드릴 것이다
마지막 버튼의 망설임, 그러나
부드러운 젖꼭지를 조심스레 애무하듯,
나는 나의 애욕을 전송하고야 만다

내 마음은 숫자 몇 개로 간단히 발가벗겨진다
당신과 차 한잔의 몸을 섞고 싶어요
너는 은밀히 감상하리라, 숫자로 요약된 나의 나신을
덜렁거리는 성기, 혼란과 음란의 소용돌이
부끄러움의 채찍에 몸을 난타당하는 그때
날 휩쓰는 고통의 격랑, 난 가볍게 죽어간다
전파를 따라 폭죽처럼 흩어지는 죽음 흉내내기

벨이 울리지 않는다
기다림, 전선 속의 둥근 무덤

너는 호출기 바이브레이터의 떨림을 더 오래 즐기기 위해
　나의 가사 상태를 지연시키고
　난 그 늘어난 시간만큼, 너의 어두운 동굴 안에 갇혀
　멎어버린 마음으로 저편의 세상을 바라본다

　전선에 가로놓인 에고이즘의 심연을 넘어
　너는 마침내 나를 두드린다, 수화기의 떨판
　두 음성은 교접 혹은 파열의 찰나를 거쳐
　새로운 하나의 음성으로 탄생한다, 그 새로운 하나 속에서
　불현듯, 나의 전선 밖에 있는 네 고통의 숫자가
　견딜 수 없이 궁금해진다

비틀즈

비틀즈는 사라지고
예스터데이 ——
비틀즈 목청만 남아
가버린 어제를 산다

어제를 부르는 비틀즈와
비틀즈를 부르는 어제의 그리움

예스터데이 ——
비틀즈를 흥얼거리던 여인은 사라지고,
비틀즈 노래만 남아
그녀의 어제로 나를 데려간다

참치죽이 있는 LG 25시의 풍경 2

텁텁, 한 입 안에 허브 큐 한 알
또 하루분 항문의 언어가 입을 통해 빠져나갔다
입 속에 사는 욕망이 허기가 진 듯
그르릉댄다, 입을 닫으면 욕망도 고사되고 말리라

새벽 한시의 공복, 참치의 살점들이 부드럽게 흘러들
어온다
식욕과 영영 결별해버린 몸의 편안함, 죽음의 저인
망도
참치의 식욕까지는 건져가지 못한 것이다
그래, 그것은 처음부터 바다의 소유였으니까
물고기들의 식욕만큼 바다는 여전히 푸르고
참치의 참으로 리얼한 참치성을 회수해간 망망대해의
침묵,
스푼 위의 참치는 무정물의 몸으로 말한다
입과 항문은 결국 죽처럼 뒤섞여 평평해질 뿐이라고,

통조림 속에 잠긴 거대한 해변의 묘지
(편의를 위한 말들이 얼마나 많은 진실의 통조림을
만들었을까)

막 건져진 물고기들의 필사적인 뻐끔거림,
그러나 모든 말門은 묘지를 향해 열려 있다
참치는 섬광처럼 난바다의 비밀을 맛보이며 입 안에
녹아들고,
난 충전된 혀의 손아귀로 이 순간 삶의 심연을 붙잡
는다

꼴린 희망을 펠라티오하는 묘지의 입술
죽음의 항문을 쿤닐링구스하는 식욕의 혀끝

탕가니카호의 시클리트 물고기들은 입 속에 새끼들을
키운다
마우스 브리딩: 외부의 적을 알리며 어미의 혀가 요
동칠 때,
살아봐야겠다! 새끼들은 캄캄한 입 안 가득 와글댄다
모든 욕망의 말문은 묘지를 향해 열려 있지만, 바로
그 묘지의 공포가 쉴새없이 삶의 입을 뻐끔거리게 만
드는 것이다

항문이 되고 싶은 입술,

난 말의 종착역에서 거꾸로 거슬러올라가기를 꿈꾸
었다
참치가 육체의 막장을 이끌고 허기의 환희로 사라지듯
나 늙고 더러운 욕망의 끝에서,
세상의 맨 처음에 어리둥절 주둥아릴 부딪는
시의 어린 물고기떼를 한없이 뱉어놓을 수만 있다면!

어머니

아프리카 한 호수에 사는 물고기 중엔
일견 서로 다른 종류인 듯, 어미의 몸집이
아비에 비해 너무도 왜소한 것들이 있다
호수에 버려진 빈 달팽이 껍질 속에
알을 낳고 새끼들을 기르기 위해
아예 달팽이 몸의 크기로 진화된,
새끼의 안녕과 자기 본디의 몸을 맞바꾼
그 어미 물고기들

세상의 모든 어머니들은
누구나, 달팽이집 속에 산다
그녀들 생의 유일한 기쁨이 있다면,
달팽이집 밖의 세상을 잃어버린 고통의 힘으로
자신이 포기한 육신과 꿈의 부피 전부를
어린 자식들에게 남김없이 옮겨놓는 일,
무사히 자라난 자식들이 새삼 어머니의 왜소함을 비
웃고
뿔뿔이 흩어져갈 때에도,
그녀는 그 비좁은 달팽이집을 떠나지 못한다

다시는 달팽이집에 들어오지 못할 만큼 커버린,
자식들의 낯선 눈동자에 감사하며

달의 몰락

나는 명절이 싫다 한가위라는 이름 아래
집안 어른들이 모이고, 자연스레
김씨 집안의 종손인 나에게 눈길이 모여지면
이젠 한 가정을 이뤄 자식 낳고 살아야 되는 것 아니
냐고
네가 지금 사는 게 정말 사는 거냐고
너처럼 살다가는 폐인 될 수도 있다고
모두들 한마디씩 거든다 난 정상인들 틈에서
순식간에 비정상인으로 전락한다
아니 그 전락을 홀로 즐기고 있다는 표현이
맞을지도 모른다 물론 난 충분히 외롭다
하지만 난 편입의 안락과 즐거움 대신
일탈의 고독을 택했다 난 집 밖으로 나간다
난 집이라는 굴레가, 모든 예절의 진지함이,
그들이 원하는 사람 노릇이, 버겁다
난 그런 나의 쓸모 없음을 사랑한다
그 쓸모 없음에 대한 사랑이 나를 시 쓰게 한다
그러므로 난, 나를 완벽하게 이해하는 호의보다는
날 전혀 읽어내지 못하는 냉랭한 매혹에게 운명을 걸
었다

나를 악착같이 포용해내려는 집 밖에는 보름달이 떠
있다
온 우주의 문밖에서 난 유일하게 달과 마주한다
유목민인 달의 얼굴에 난 내 운명에 대한 동의를 구
하지만
달은 그저 냉랭한 매혹만을 보여줄 뿐이다
난 일탈의 고독으로, 달의 표정을 읽어내려 애쓴다
그렇게 내 인생의 대부분은 달을 노래하는 데 바쳐질
것이다

달이 몰락한다 난 이미, 달이 몰락한 그곳에서
둥근 달을 바라본 자이다
달이 몰락한다, 그 속에서 미처 빠져나오지 못한
내 노래도 달과 더불어 몰락해갈 것이다

阿庚正傳, 또는 허송세월

전주의 한 여자 점쟁이가 내 관상을 보더니만
쯧쯧, 허송세월이야!
난 똥빛의 얼굴로 애써 억지 웃음을 지었다

허송세월…… 별것 아닌 것 같은 그 말이 은근히
두고두고 마음을 긁었다, 글쎄 내 직업 자체가 베
짱이,
허송세월 아닌가? 위안은 해보지만……
빌려준 비디오테이프를 받으려고 진우형에게 전화했
더니,
대전의 한 비디오 가게 이름이 '허송세월'이래요
킬킬, 이름 한번 죽이는군요

지겨운 햇살과 백수와 그림자 놀이인 비디오와 虛送,
虛頌?
시간, 사랑, 마음, 청춘 따위들, 그래 난
그 헛되이 보낸 것들에게만 운명적으로 온 관심을 쏟
아왔다
정확하게 말하면, 난 허송세월에 매달려
헛됨을 기리는 자이다

단골 비디오 숍에서 테이프 반납 독촉 전화가 걸려
왔고
　난 분실한 아비정전을 물어주겠다고 했다
　유하 프로덕션 비디오테이프도 다수가 분실되었지
아마?
　남들 다 일터에 나간 한낮에 시 한 수 끄적이거나
　기껏 비디오 한 편 때리고 있노라면, 속이 허심허심
　기어이 헛됨을 기리는 자의 불안이 밀려온다
　이러다 나 또한 세상에서 영영 분실되고 마는 건 아
닐까

　그러나 그 불안감 역시 내가 애용하는 신발인 것이다
　끈질기게, 허송세월을 걸어가기 위한

세운상가 키드의 사랑 1

이러지도 저러지도 못하는 지독한 마음의 열병,
나 그때 한여름날의 승냥이처럼 우우거렸네
욕정이 없었다면 생도 없었으리
수음 아니면 절망이겠지, 학교를 저주하며
모든 금지된 것들을 열망하며, 나 이곳을 서성였다네

흠집 많은 중고 제품들의 거리에서
한없이 위안받았네 나 이미, 그때
돌이킬 수 없이 목이 쉰 야외 전축이었기에
올리비아 하세와 진추하, 그 여름의 킬러 또는 별빛
포르노의 여왕 세카, 그리고 비틀즈 해적판을 찾아서
비틀거리며 그 등록 거부한 세상을 찾아서
내 가슴엔 온통 해적들만이 들끓었네
해적들의 애꾸눈이 내게 보이지 않는 길의 노래를 가
르쳐주었네

교과서 갈피에 숨겨논 빨간책, 육체의 악마와
사랑에 빠졌지, 각종 공인된 진리는 발가벗은 나신
그 캄캄한 허무의 블랙홀 속으로 빨려들어가고
나 모든 선의 경전이 끝나는 곳에서 악마처럼

착해지고 싶었네, 내가 할 수 있는 짓이란 고작
이 세계의 좁은 지하실 속에서 안간힘으로 죽음을 유
희하는 것,
내일을 향한 설렘이여, 우우
무덤은 너를 군것질하며 줄기차게 삶을 기다리네

내 청춘의 레지스탕스, 지상 위의 난
햇살에 의해 남김없이 저격되었지
세상의 열병이 내 몸 속에 들어와 불을 밝혔네
금지된 生의 집어등이여, 지하의 모든 나를 불러내
다오
나는 사유의 야바위꾼, 구멍난 영혼, 흠집 가득한 기
억의 육체들을
별빛의 찬란함으로 팔아먹는다네
내 마음의 지하상가는 여전히 승냥이 울음으로 붐비고
나 끝끝내 목이 쉰 야외 전축처럼
해적을 노래부르고 해적의 애꾸눈으로 사랑하리

보리쌀로 세운 시네마 천국

영글어가는 보리밭을 거닐며,
이탈리아 영화에 나오는 소년 토토를 생각한다

옛 공회당 건물에 들어선 자그만 극장이었지
세월의 먼지 눌어붙은 사방의 벽과 삐걱거리는 영
사기,
노란 비 주룩주룩 내리던 화면, 나의 시네마 천국
사랑만은 단 하나의 목숨을 걸었다
북 치고 나팔 불며 샌드위치맨이 나타나면,
난 광 속으로 숨어들어가 보리쌀을 퍼담아 들고
밤길을 달려 뛰는 심장으로 시네마 천국의 문을 두드
렸다

입장료 대신 보리쌀 한 되씩 주고 보던
신성일 엄앵란의 맨발의 청춘,
눈물도 한숨도 나 혼자 집어삼키며
굵은 비 내리는 화면 속으로 질척질척 빠져들어가던
그렁그렁한 눈동자들, 그리운 그 눈동자들……

문희라는 이름의 멜로디 마지막 여운을 따라

종다리 날아가고, 그 옛날의 눈물 바다
고스란히 보리 이삭 속에 담겨 있다
출렁이는 보리 알갱이 수만의 눈물 방울들,
푸르렀던 토토의 꿈들은 떠나고
이제 누런 인생의 그림자 놀이만 남았다

바람 분다, 황금빛 보리밭과 함께 기울어버린
내 마음의 시네마 천국

문 희
—— 고창 극장을 추억함

극장에 갔다, 쑈는 나의 인생 금자누나 손을 잡고
트위스트 김의 격렬한 트위스트, 쓰리보이 신선삼의
원맨쑈가
요깡과 쓰리미, 치클민트 껌냄새와 뒤섞여,
내 가슴에 지워지지 않을 어둠의 무늬 하나 남겼다
금자누난 신선삼 땜에 상사병을 얻어 며칠씩이나
점빵 문을 닫았지 문희를 알기 전의 내 꿈이란 고작
아이스케키 공장을 차리거나 짜장면 집으로 장가가
는 것,

문희의 서늘한 큰 눈에 눈물이 흐르면, 이미
내 앞의 어둠은 나만의 것이 아니었다 사람들은
어둠이 나누어준 슬픔의 그림자를 한쪽씩 떼어먹으며,
그녀의 투명한 눈물 방울 안에 서로를 가두었다
비 내리는 고모령에서 그녀가 끓이던 찡한 김치찌게,
쑈하는 사람들이 시치미 뚝 떼고 저 푸른 천막 뒤에
숨어
움직이는 게 영화야, 금자누나가 가르쳐주었으므로
난 영화가 끝날 때면, 스크린 뒤로 달려가 그녀를 찾
곤 했다

나는 문희가 늘 극장의 푸른 스크린 뒤에 살고 있을
거라
　굳게 믿었다, 둥근 눈물 방울을 하염없이 닦으며
　그리고 아주 오랜 세월이 흘러도, 여전히
　문희가 낳은 문희의 그림자가 저 극장을 데리고
　삶의 심심함 속을 환하게 거닐 것이라고, 그녀의 눈
물로
　어둠은 깨어나 우린 거기에 기꺼이 갇힐 것이라고

세운상가 키드의 사랑 2

사춘기의 나날, 유일한 낙이 있었다면
오르넬라 무티, 린제이 와그너, 엘리다 벨리……
세운상가 다리 위에서 이방의 여배우 이름이나 뇌까
리는 것,

세운상가, 욕망의 이름으로 나를 찍어낸 곳
내 세포들의 상점을 가득 채운 건 트레이시와 치치올
리나,
제니시스, 허슬러, 그리고 각종 일제 전자 제품들,
세운상가는 복제된 수만의 나를 먹어치웠고
내 욕망의 허기가 세운상가를 번창시켰다

후미진 다락방마다 돌아가던 8미리 에로티카 문화
영화
포르노의 세상이 내 사랑을 잠식했다
여선생의 스커트 밑을 집요하게 비추던 손거울과
은하여관 2층 창문에 매달려 내면의 음란을 훔쳐보던
거울의 포로인 나, 오 그녀는 나의 똥구멍
가끔은 서양판 변강쇠 존 홈스가
나의 귀두에 다마를 박으라고 권했다

금발 여배우의 매혹이 부풀린 영화 감독이라는 욕망,
　진실은 없었다, 오직 후끼*된 진실만이 눈앞에 어른
거렸을 뿐

　네가 욕망하는 거라면 뭐든 다 줄 거야
　환한 불빛으로 세운상가는 서 있고
　오늘도 나는 끊임없이 다가간다 잡힐 듯 달아나는
　마음 사막 저편의 신기루를 향하여,
　내 몸의 내부, 어두운 욕망의 벌집이 웅웅댄다
　그렇게 끝없이 웅웅대다가 죽음을 맞으리라
　파열되는 눈동자, 충동의 벌떼들이 떠나가고
　비로소 욕망의 거울은 나를 놓아줄 것이다

　* 후끼: 중고 제품을 새것처럼 조작하는 기술을 가리키는 은어.

진추하, 라디오의 나날

둥글게 커트한 뒷머리, 능금빛 얼굴의
여학생에게 편지를 썼다, 밤을 잊은 그대에게
신청곡은 졸업의 눈물, 사랑의 스잔나 진추하가
홍콩의 밤 열기를 담은 목청으로 내 마음을 전했다
그 여학생은 내게 능금빛 미소만을 쥐어주고
달아났다, 금성 트랜지스터 라디오 속으로 들어가
그녀를 기다리며 서성이던 날들, 폴 모리아
질리오라 친케티, 사이몬 & 가펑클, 모리스 앨버트
그리고 한 순간 수줍게 라디오를 스쳐가던 그녀
그와 함께 진추하를 듣고 싶어요, 그 작은
라디오의 나라 가득히 드넓은 한여름 밤과
무수한 잔별들이 두근두근 흘러들어오고 난
그녀의 흩날리는 단발머리를 따라 새벽녘의 샛별까
지……
그렇게, 열다섯 살의 떨림 속에 살던 나와 그녀는
영영 사라져버렸다, 트랜지스터 라디오에
건전지처럼 업혀 있던 그 풋사랑의 70년대도,
퇴락한 진추하의 노래를 따라
붉은 노을의 어디쯤을 걸어가고 있으리

새들은 말죽거리에 가서 잠들다
──성수에게

1978년, 말죽거리, 은광여고 쥐색 항아리 치마를 태운
은빛 자전거가 내 검은 제복의 가슴을 뚫고 지나갔다
난 발정이 날 때면 이글스의 호텔 캘리포니아로
  날아가곤 했다, 최헌의 가을비 우산 속에서 까치 담
배를 샀고
  그때마다 버스에 우산을 두고 내리듯, 가수와 난 노
래 속에
  깜박 영혼을 두고 내리곤 했다 꿈속의 소니 카세트
  한 졸부는 지루박에 미쳤고, 그의 아들과 난 부르스
리의
  怪鳥音을 지르며 교련 선생 머리에 헤드록을 걸었다
  노선버스 번호 288 속에 말죽처럼 짓이겨져 요약된
청춘,
  양산박, 반포 티엔티, 세븐 킬러, 체인과 손도끼에
찍혀
  난 혈인의 몰골로 한낮의 말죽거리를 붉게 물들였다
  토박이 새들은 양아치가 되어 성남 방면으로 쫓겨갔고
  압구정 배나무골 올빼미란 녀석은 여자 친구의 나체
사진을 팔아
  퇴학의 크리스마스를 보냈다 난 세운상가를 배회하며

과외비 줄 돈으로 펜트하우스와 수지 콰트로를 사거나
가끔은 밭벼 가득한 메뚜기를 잡아 시멘트 집마당에
풀어놓고
하나대를 그리워하기도 했다 암흑의, 학교 담장 밑
에서
우린 모두 이상한 새들이었다 이 땅의 육체가 문득
족쇄처럼
느껴질 때, 키치의 날개를 퍼득이며 말죽거리, 세운
상가를 지나
태평양을 가로질러, 메스티조 미희들의 나라 아르헨
티나까지
아주 날아갔으면…… 그래, 난 세상의 끝 페루의 해
변에서
떠도는 부랑자처럼 통기타나 치며 일생을 보내야 했다
아니, 그것은 원위치의 기억을 내장한 고무줄의 안전
한 모험,
이탈의 욕망은 늘 컴컴한 독서실 속의 수음일 뿐이
었다
학교의 강렬한 불빛 아래서, 내 상상의 날개는 매번
겸연쩍은

부메랑이었고, 나는 뿌리깊은 귀소 본능을 저주하며
말죽거리의 울타리 속으로 되돌아와 말죽처럼 퍼진
영혼에
기다란 부리를 파묻고 잠드는 것이었다

세운상가 키드의 사랑 3

나는 미국판 마분지 소설
휴먼 다이제스트로 영어를 공부했고
해적판 레코드에서조차 지워진 금지곡만을 애창했다
나의 영토였던 동시 상영관의 찌린내와, 부루라이또
요코하마
양아치, 학교의 개구멍과 세운상가의 하꼬방,
난 모든 종류의 위반을 사랑했고
버려진 욕설과 은어만을 사랑했다

나는 세운상가 키드, 종로3가와 청계천의
아황산 가스가 팔 할의 나를 키웠다
청계천 구루마의 거리, 마도의 향불 아래
마성기와 견질녀, 꿀단지, 여신봉, 면도사 미스 리
아메리칸 타부, 애니멀, 뱀장어쑈, 포주, 레지, 차력
사……
고담市의 뒷골목에 뒹구는 쓰레기들의 환희, 유혹
나의 뇌수는 온통 세상이 버린 쓰레기의 즙,
몽상의 청계천으로 출렁대고
쓸모 없는 영혼이여, 썩은 저수지의 입술로
너에게 무지개의 사랑을 들려주리

난 구정물의 수력 발전소,
난지도를 몽땅 불사른 후의 에너지

세상이 나를 원하지 않을 것이기에, 태양의 언어 밖
에서
난 노래한다, 박쥐의 눈으로 어둠의 광휘를
난 무능력한 자이므로, 풍자한다
호화 양장본 세상의 기막힌 마분지성에 대하여

나는 부유하는 육체의 세운상가
곰팡이를 반성하지 않는 곰팡이,
그리하여 곰팡이꽃의 극치를 향해가는 영혼

옛날 영화를 보러 갔다

시네마 파라디소와 마을 공회당 극장
무솔리니와 박정희
백색 전화 영화, 그리고 새마을 국책 영화

금지된 키스신들의 몽타주
세월은, 독재자의 엄숙한 표정을 지우고
그 위에 흑백 노스탤지어의 미소를 그려넣는다

시간 여행 속의, 빛 바랜 혼분식 장려 필름
꽃피는 팔도강산
현실이 빠져나간 옛 지옥은
어느덧 천국의 극장처럼 아련하게 서 있다
다시는 돌아갈 수 없다는, 서글픔 하나로
모든 옛날 영화가 아름다운 것처럼

나를 이끌던 길 위의 샌드위치맨이여
미래는 죽었다, 그리고 현실은
장성한 토토가 되어 백미러를 통해 옛날 영화를 본다
향수의 백색 전화 영화에 그리움의 눈물을 훔치며

시네마 파라디소, 가끔은 한강 다리가
가설 극장의 낡은 필름처럼 예고 없이 끊겨나고

룰라, 김지현이라는 메시지

룰라 김지현의 매력은 글쎄, 건강한 외설스러움?
잡힐 듯 잡히지 않는, 만만한 퇴폐성의 아름다움?
삼천만 티브이 부족은 지저귄다, 지금은 20세기말의
원시 부족 사회, 티브이 추장의 딸인 듯 김지현에게
대중의 전체는 몰입되어 있다, 눈과 귀 이전의 촉각
으로
이난영에서 김지현까지, 순백의 라디오 스타에서
비디오 킬드 라디오 스타에 이르기까지
가수여, 영원한 생의 룰루랄라여, 룰라는 노래하고
세월은 정지한다 감각의 연쇄 폭발, 오직 몸의 느낌
만이
흐른다, 날개 잃은 천사의 깃털펜을 찾아서 사바 사바
날개 잃은 손으로 김지현이 엉덩이를 친다, 맛사지
하듯
뇌쇄적으로 엉덩이를 친다, 김지현이라는 몸짓 언어의
메시지를 따라 삼천만의 육체가 일제히 엉덩이를 친다
촉각의 왕국은 번성하고, 룰라는 티브이 부족 사회의
피곤한 감각을 안마한다 오오, 미디어는 맛사지!

묘지에서 놀다

옛날의 금잔디 묘지
대대로 어린 눈들은 새로운 놀이를 찾아
입이 닳도록 까불고 뛰놀았다
자치기와 빠끔살이, 술래잡기……

옛날의 금잔디 묘지
내 어린 날의 신비가 떠난 그 자리,
오늘도 악머구리 아이들은 날이면 날마다
꽃 보듯 설레는 놀이를 찾아 뛰놀고 있다

저, 금잔디 무덤이 응시하는
낡디낡은 生을 힘차게 밟으며

남대문 천사의 시

나는 남대문 패션을 주도해온 사진 모델의 여왕
하루에도 수백 벌의 옷을 입어야 했지요,
하니, 미네르바, 이쁜여우, 미스티, 누네띠네……
상표 속엔 내가 있고, 사람들은 내 모습을 즐겨 입었
어요
꿀처럼 달콤한 미소, 지혜의 여신을 꿈꾸는 듯한 얼굴
여우스러운 포즈, 뭔가 미스테릭한 분위기를 꿈꾸며,
난 카탈로그 속의 유일한 천사가 되고 싶었답니다
수천 가지 화려한 옷의 날개를 가진 천사

옷들은 새로운 패션을 향하여 더욱 빠르게 질주해가고
(사진 발명 이전의 패션에도 스피드란 게 있었을까요?)
난 차츰 숨이 차기 시작했어요
줄어드는 옷 입기와 텅 비어가는 주머니…… 난 알았
어요
난 그저 옷의 포즈를 위해 만들어진 플라스틱 천사,
수천의 옷들이 나를 입어볼 뿐이었다는 걸
옷들은 하나둘 나를 떠나가고 아, 인형이 추워요
내게 남은 건, 옷들이 날 골라주길 바라는 몸 시린 욕
망뿐

그래요 몸 시린 욕망, 그 순간의 바람 속에서
옷들은 나를 입었고, 흐르는 세월의 태양 아래서
옷들은 무심코 나를 벗어던졌지요

가지 않는 길

한때, 선한 눈동자를 가진 사람들이 그 숲길을 오고
갔다
경쾌한 노동의 발자국이 휘파람을 지나가고 가끔은
뜨거운 사랑의 시어가 송진 내음처럼 흩날렸다

언제부턴가 그 숲길은 인적이 끊겼고
모든 것이 그냥 흙 속으로 낭비되었다 꿀은 썩어갔고,
땔감의 솔방울들은 주인을 잃은 채 방치되었다
두려움 많던 다람쥐들만이 당당하게 뛰놀기 시작했다

떠나간 사람들은 생의 황량함을 느낄 적마다
그 숲길을 그리워했다, 하여 다시 찾았을 때
그곳은 잡초덤불 우거진, 가지 못하는 길이었고
사람들은 이내 투덜거리며 되돌아갔다

그 후로 오랜 세월이 지나갔다, 떠나간 이들은 하
나둘
주검으로 되돌아왔고 그 지워진 숲길에 가득 묻혀갔다
그리고, 무덤 속에 누운 후에야 비로소 깨닫게 되었다

그 숲길을 지날 수 없게 한 것은,
바로 그들 자신이었음을

폐허 시편

1

바닥난 저수지 탈출한 식용개구리들이 운다
공룡 트림 같은 울음을 토해내며
식용개구리를 기르던 사람들도 떠나고
가물치 붕어 송사리도 떠나고
이제 이 저수지의 마을엔 흉흉한 공룡 트림
식용개구리의 식용들만 남은 것인가

2

텅 빈 개울…… 눈물겹다
엄벙이, 덤벙이, 육손이
마지막 송사리를 타고 아주 가버린 얼굴들

3

오공 시절, 이 마을 근처엔 비행기 사격장이 있었다
왼종일 지붕들을 날려보낼 듯 지나가던 전투기의 굉음
사람들은 심한 청각 장애에 시달려야 했다

세월은 흘렀고, 굉음이 그친 후의 깊은 정적
한바탕 굉음이 침묵의 덩지를 부풀리듯,

전투기들의 요란한 포효 속에 은닉되었던 폐허는
더 큰 덩지로 침묵을 옹호했다

                              4
사람의 움직임이
마을들의 경계를 만들었고,
오직 바람만이 마을의 견고한 이름들을 건너
마을 아닌 것을 노래했다

하나대 상나대 연동 막정 유정……
그 허물어진 이름들 위에서
이제 정적도 노래해야만 한다
마을 아닌 그 무엇에 대하여

고 향
—— 창룡에게

숲의 바람이 내 가슴을 지날 때면
나 또한 숲의 일부가 되네, 언젠가
사람의 눈을 버리고 산솔새의 숨결로
바람을 낳고 있는 첫 나무의 얼굴을 보러 가리

마음 달아오르듯, 무화과의 집들은 붉게 켜지고,
굴참나무 쥐똥나무 내 지저귐을 듣겠지
하루내 모아들인 햇살의 즙으로
산 너머 하늘하늘 노을을 풀어내는 호랑나비
바람의 육신 속으로 내 울대가 깃들여
숲 전체가 나의 노래 속으로 흘러들어오리

새와 바람의 자궁, 나무들의 마을이여
나 사람의 눈을 버리고 가리, 바람의 황소가
잎의 울타리 속에서 구름을 뜯고
할미새 달의 문을 열어 기침하는 그곳으로

달구지 타고 가던 밤

달구지 타고 망굴재 잔등 너머
지러지 방앗간 가던 날,
이랴낄낄, 일곱 살 마음 가득
금빛 가마니에 맺혀 떠나가고
할아버진 펄럭이는 수염으로
내 생애 첫 길을 열어주셨다

방아 소리 따라 나락의 영혼들
노을 속으로 묻히고
선잠 속으로 굴뚝새 날아갔다
찬이슬 한 방울 눈떠보니
허공엔 온통 쌀천지 별천지
할아부지, 별이 왜 따라와?
니가 좋응게 그런가비다

지상에서 하나뿐인, 나만의
움직이는 별의 관측소

소달구지 타고 달그닥 달그닥
별빛 한짐 내 가슴에 부려놓던 밤

숲의 욕망

숲길을 걷다 잠시 내 삶의 시간을 잊을 때,
느낌의 산책은 나를 빠져나와
나무와 흙의 발걸음으로 돌아가고,
세상이 낯선 얼굴로 나를 노크한다

허공엔, 온갖 형상의 날벌레들과
헤아릴 수 없이 다양한 삶의 분주함,
매미는 울음으로 숲 하나를 토해놓고
난 듣는다, 이 짙푸른 숲과 부엽토의 욕망을

하루살이의 공포와
나의 공포는 다르지 않으리라
흙이 똑같은 고통으로 우리의 소멸을 요구하기에

이제, 나를 빠져나온 마음으로
그들에 대해 말하고 싶다
나무와 흙, 저 수만의 날벌레들이
내 노래를 기꺼이 받아만 준다면

연동 집터를 기리는 시

집을 사랑한 자, 여기
사라진 옛집의 흔적을 추억한다

연동 할아버지가 내 손에 쥐어주던
자두의 은은한 향기
여우고개를 읽어주던 현숙이고모
그 아득한 목소리, 환한 문풍짓빛 풍경들

모든 형태의 마음들이 떠나버린 곳엔
늘 충만한 침묵의 집터 하나 남는다
그들을 사랑한 바로 그 시간들이,
나의 집이었기에

무수히 나를 떠난 사람들,
그리고 그들을 떠나온 나,
슬픔은 없다
그리움도 바람처럼 지나갈 뿐,
다만 집터의 영혼이
서로의 가슴을 오래도록 지배할 것이다

풍금이 있던 자리
—— 고창국민학교 교정에서

유년의 교정에 서서,
사라져간 풍금의 나라를 생각한다
그래, 은숙이라는 이름
그 봉숭아 꽃물처럼 번져오르는 웃음으로
운동장을 뛰어오던 그 아이

은숙이는 풍금을 잘 쳤다
그 애의 풍금 소리를 밟으며
배추 흰나비처럼 노닐다가,
마음이 온통 유채꽃인 날은
햇빛의 저편으로 아주 날아가버리고 싶기도 했다

그리고 많은 날들이 흘러갔다
시간이라는 인부의 힘에 의해, 풍금은
그것을 추억하는 이들의 가슴으로 옮겨져갔다
난 담담하게 말할 수 있다
세상의 모든 아침은 이미 사라졌노라고,

하여, 그 가슴들이 훗날 흙 속에 묻힐 때
그 무덤들 또한

풍금이 있던 자리로 기억되리라
오직 흩날리는 먼지만이 그리움을 대신하리라

연 기

잔솔가지의 영혼이 저렇듯
사람의 저녁 앞에 바쳐질 때,

마을은
벼랑 끝 매달린 마을은
저린 손 놓지 못한다

팔순 할머니
마지막 호미의 움직임,

적막은, 온몸으로
저 연기를 숭배하고 있다

흑염소

꼬부랑 망구 내외는 흑염소를 기르며 산다
황천이 저 문밖인데도 몸의 세상은 자식들 몫이라,
푹 달여진 흑염소는 고스란히 서울로 날아간다

흑염소가 새끼들에게 젖을 맡긴 채
한가로운 눈으로 들판 밖 황천을 응시한다
저 되새김질처럼 돌고 도는 삶이란 질병,
새끼들은 수염마저 뽑으려 들고
늙은 어미들은 매애매애, 웃는다

그 어미들의 저승은
자기 육신의 죽음을 건너,
자식들 미래 속에 있는 것이므로

상수리나무숲에서
──진이정 시인을 그리며

잠든 상수리나무숲, 바람의 흐느낌은 멈추고
나 살아서, 가버린 푸른 잎의 말들을 추억한다
갈 수만 있다면, 나머지 삶을 다 버리고라도
다시 되돌아가고 싶은 순간들, 하나
이제 당신은 없고, 그 텅 빈 적막의 자리
나 홀로 노래의 술잔을 들어
한 육신이 두고 간 뜨거운 열망에 취할 뿐,
산다는 것의 보람, 그러나 도토리묵도 되지 못하는
쓸모 없는 열매의 희망과 버려진 매혹의 슬픔에 대하여
내 젖은 주머니를 끝내 떠나지 않는
당신의 음성을 만지작이며 이 어둠의 나무 바다,
잠든 알바트로스의 영혼을 생각한다
잠시 어색하게 머물다 날아갈 날개의 운명,
피를 토해 제 울음을 만들어야 하는 소쩍새 울음
그러나 당신은 없고, 그리움만 저만치
버거운 이승을 짊어진 채 거꾸로 서 있을 뿐
나는 살아서 울음에 취하고
이 추억의 저녁을 지나, 마침내 울음이 나를 버릴 때,
세상의 병을 다 앓고난 마음이
내 안의 그대를 영영 데려가리라

저수지의 개

달은 기울고 저수지는 말라간다
저수된 인생의 꿈들은 서서히 바닥을 드러내고
늙고 지친 어깨여, 더 이상 더러워질 수 없는
진흙의 막장에서 나 울부짖음의 주둥아리를 버렸다
제 살을 조금씩 버려가는 달의 편안한 얼굴
갈대는 구부러진 세월만큼 저 바람 앞에서 노회하다
소금쟁이 발을 가진 자들,
처세의 표면장력을 익힌 것들만
절망의 수면 위를 털끝 하나 적시지 않고 걸어가고
난 아직도 붉은 푸줏간의 마을에서 흘러나오는 불빛에
눈이 부셔 이 저수지 둑길을 느리게 배회할 뿐
흘레의 정치와 갈수록 개가 되어가는 개,
썩은 고깃덩어리를 향한 욕망의 흰 이빨, 그들이
사람의 하늘을 가득 채우고 있다면
친구여, 나는 끝내 버려진 저수지의 개로 남을 것이다

재즈 9

1

바니 웰렌의 오텀 리브즈를 듣다 문득,
창밖을 본다 막 터지기 직전의
목련 꽃봉오리들,
색소폰이 내뱉는 고엽의 흐느낌을 좇아가던
마음, 한 순간 정지하고
생의 첫 두근거림이 눈빛의 저녁 속으로 역습해온다
고엽이면서 꽃봉오리인 그 무엇,
축제와 죽음의 뫼비우스 띠

한없이 날아오르려 하는 것과
한없이 낙하하려는 것이
한몸 속에서 팽팽하게 맞설 때,

세상이 외줄처럼 당겨지고, 난 그 위를 아슬아슬
걸어간다, 끝 모르는 죽음의 에너지가
꽃봉오리의 설렘을 충전시키고
난 부패의 힘을 빌려
향기의 감미로움을 말한다

2

너의 빰을 만질 때, 혈관 전체가 관악기의 터널처럼
웅웅거려, 육체의, 이 미세한 떨림
스치는 바람까지도 내게
뜨거운 피의 음표를 달아주었네
살아 있음이여,
난 끝내 절망하지 않겠다
다만 절망을 연주해갈 뿐,
감각의 파티가 끝날 때까지
내 안의 모든 세포들이 세션맨처럼 분주하리라

3

난 욕망이라는 하나의 원곡을 리바이벌한다
나는 너를 다르게 연주한 것에 불과하다

아픈 몸 다 아파서 구름이 되고
허공이 된 사람들,
산 자의 위안처럼 무덤은 둥글고
난 생의 이편에 기대어
영원히 잠든 그의 세션맨들을 추억한다

숲을 지나는 바람처럼
세상을 건너간 육체들

육체의 온갖 느낌들은 세상의 손가락 사이로
흔적도 없이 빠져나가고
난 울음을 그친 소나무처럼 우두커니 서 있다

누가, 가슴 깊이 흐르는
이 슬픔을 꺼내다오
그가 지상에 남기고 간,
한뭉치 마음의 악보를

재즈 10

나 혼자 남았다
그리도 투명했던 사람은 가고

나 혼자 남았다
이승의 길이 아니기에
붙잡을 수도 없었다

그리하여
몸 있는 자, 추억만 붙잡으리라

끝내 몸을 사랑한 자,
남아 있는 악보를 넘기며
저 혼자 악기를 두드리리라

모텔, 카사블랑카

언젠가는 나도 저렇게 늙고 초라하여져서
먼지투성이 국도에서 사과를 팔게 되리라는
예감이 들었을 뿐이야. 그것도 형편없는 푸
른 사과를. 저녁이 되어 아무도 이 푸른 사
과를 사러 오지 않으리라는 예감이 확실해
질 때까지.
　　　　　——배수아,「푸른 사과가 있는 국도」

마음의 진창, 그것은 내 유일한 여정
나는 아무것도 깨닫지 않으리라
그리고 내게 주어진 것은 시를 쓰며
기를 쓰며 살아가기, 느낌의 여성성에 기대어
세월의 불안, 경멸과 모독 기다림 따위들을 견디며 난
길 위의 먼지 묻은 사과를, 형편없는 푸른 사과를
산다
이 세계엔 시금털털한 푸른 사과만큼의 희망이 있고
난 아무것도 깨닫고 싶지 않은 마음으로
그것을 만지작거린다, 모텔 카사블랑카 가는 길
난 섹스보단 그것을 향해 가는 스피드가 더 맘에 든다
스피드 속엔 멈추지 않는 황홀의 현재, 정지된

엑스터시의 지평선만이 존재하므로, 세상의 모텔은
거울로 가득 차, 나의 사랑은 너무도 흔하다
나의 언어는 작곡이 아니라 연주에 불과한 것
카사블랑카, 그 흔한 이미지들의 백화점이여
그대라는 하나의 총알, 그리고 나머지는
일상의 러시안 룰렛,
세상은 낡은 음악을 따라 서서히 붕괴해가고
난 머나먼 진창의 행로를 희망만한 크기의
푸른 사과를 만지작이며 걸어간다

적막의 바로크

정 과 리

읽히기를 거부하는 시인도 있을까? 비록 시의 기본 주어가 1인칭이긴 하지만, 그러나, 시가 일기나 한숨은 아닌 것이다. 다른 문학들과 마찬가지로 시도 실제 독자든 잠재 독자든 수신자를 두고 있다. 모든 문학의 현재는 통화중이다. 그런데, 그것을 부인하는 시인이 정말 있는 것이다. 보라,

> 별빛과 달, 나의 유일한 재즈 카페
> 호화 객석도 청중도 없다, 원하지도 않는다 ──「재즈 0」

고, '서시'는 말하고 있지 않은가? 여기는 원형의 무대도 노래 마당도 아니다. 하다못해 파농의 라디오도 칼비노의 전화선도 아니라는 것이다. 게다가 시의 화자는 그걸 '원하지도 않는다.' 그 말은 사실상 자기 다짐에 가

깝다. 들어줄 사람을 미리 거부하고 있기 때문이다. 놀라운 진술이다. 그것도 '서시'에서! 그것은 책을 펼치는 순간의 독자를 물리친다. 그 놀라운 진술을 앞행의 평범한 어사 '유일한'이 더욱 강화한다. "별빛과 달, 나의 유일한"은 '별빛과 달, 나만의'라는 뜻일 것이다. 이곳은 별빛과 달과 나만이 있는 재즈 카페이다. 그런데, 시인은 왜 '나만의'라고 적지 않고 '나의 유일한'이라고 적었을까? 첫 장을 펼친 독자는 시의 완강한 접근 불허에 의해서 도로 덮으려다가 '유일한'의 산문성 때문에 좀 어리둥절해한다. 책장은 마저 덮이지 않는다. 혹시 그것은 '재즈 카페는 내가 드나드는 여러 삶의 공간 중에서 나 혼자가 될 수 있는 유일한 장소'라는 뜻은 아닐까? 그렇다면 얘기가 달라진다. 그것은 "나는 여러 다양한 의사 소통 공간 속에서 산다. 하지만, 재즈 카페에서만은 모든 인간 관계에서 벗어나 혼자가 될 수 있다"라는 뜻을 품게 된다. 어떤 사람은 그게 그거 아니냐고 되물을지도 모르겠다. 두 해석의 어느 경우든 재즈 카페는 '혼자만의' 장소이다. 만일, 재즈가 시의 은유라면, 어쨌든 시는 독자를 거부하고 있는 것이 아니겠는가? 그러나, 우리가, 그러니까, '서시' 때문에 놀란 독자가 관계하고 있는 것은 시의 상황이지 시의 전언이 아니다(시에서 전언만을 읽으려 하는 것은 노래에서 멜로디를 빼고 가사만을 읽으려는 어리석음과 같다). '유일한'이 '나만의'라는 뜻이라면, '재즈 카페'는 삶의 전공간에 맞먹는다. 재즈 카페를 제외하고는 어느 곳도 전제될 수가 없는 것이다. 시는 삶 그 자체와 등가이다. 앞련의 진술로 보자면 재즈를 연주하는 것은 "밤이면 삶에 취"하는 행위이다. 재즈(즉, 시)가 곧 삶이며, 재즈 바깥에는 어떠한 '삶도 없다는 것이다. 그러나, '유일한'이 그런 뜻이 아니고 '내가 가질 수 있는'의 뜻이라면, 그때 시의 공간은 다른 공간들을 향해 열려 있으며, 여러 다른 삶들 사이에 끼인 '하나의' 삶의 방식이 된다. 그리고, 그때 삶에 취하는 재즈 연주는 다른 삶의 여러 행위들과 대립한다. 그렇게 해서, 시는 시 안에 시 밖의 공간을 내장시킨다. 시는 시가 아니라 시와 시 아닌 것 사이의 대립이 벌어지는 긴장 지대가 된다.

'유일한'은 따라서 모호성의 발생기이다. 그것 때문에 독자는 다시 시집을 든다. 시 안에 내장된 시 밖의 공간은 당연히 독자가 들어앉을 자리이기도 하기 때문이다. 바깥에 대한 요청이 시 안에서 들려왔던 것이다. 그것은 리듬상으로도 그렇다. '나만의'라고 가정하고 그 행을 읽어보자.

　별빛과 달, 나만의 재즈 카페

　만일 이 시구의 내용을 "'별빛과 달과 나'만의 재즈 카페"로 이해한다면 그것은 그대로 한 음보로 읽힌다. 만일, "달" 다음에 쉼표가 붙어 있는 데에 주목하여, 그것을 단순히 연결사 '과'의 대치물로서가 아니라, 의미상의 단절로 이해할 때는, 이렇게 끊어 읽을 수 있을 것이다.

별빛과 달/나만의 재즈 카페

즉 두 음보의 시구가 될 것이다. 이러한 끊음은 '별빛
과 달'을 '나만의 재즈 카페'의 외적 상관물로 대응시키
는 듯이 보인다. 그러니 얼핏 두 서로 다른 존재가 나란
히 놓인 것처럼 보이겠지만, 그러나, 실은 일종의 되풀
이로서 동일성을 강화한다. 두 음보의 각각은 "별빛과/
달" "나만의/재즈 카페"로 두 세부박으로 나누어 읽을
수 있으며, 이 박자의 세부 일치는 리듬의 되풀이를 낳
아, 결국 재즈 카페의 단일성을 강화하게 된다. 의미론
적으로도 "별빛과 달"은 '나의 재즈 카페'의 대응항이라
기보다는 재즈 카페를 감싸고 있는 분위기이다. 그것은
재즈 카페의 유일성을 더욱 감싸서 보호한다. 그에 비
해, 본래의 시구는 그렇게 읽히지 않는다. '별빛과 달'
을 '나'와 같은 집합의 원소로 생각하면, 그것은,

　　　별빛과 달, 나의/유일한/재즈 카페

로 읽을 수 있고, 그것을 따로 떼어 읽는다면,

　　　별빛과 달/나의 유일한/재즈 카페

로 읽을 수 있다. 두 경우 모두 3음보로 읽힌다. 음보가
셋이라는 게 그 자체로 문제는 아니다(사람에 따라서는,
그러니까 분위기에 취하기를 좋아하는 사람은 '별빛과'와
'달'을 나누어서 네 음보로 읽을 수도 있다). 중요한 것은

'유일한'이 리듬의 연속성을 방해한다는 것이다. 품사 분류상 '유일한'은 이 시행에서 유일하게 형용사이다. 따라서, 그것은 의미론적 훼방물로 작용할 수 있다. 그러나, 보다 중요한 것은 그것의 음성학적 특성이다. "나의 유일한"에서 '의 유일'은 발음하기가 무척 힘들다. 음가가 다른 모음들을 연속해서 발성해야 하며 더더구나 그 모음들 중 'ㅢ' 'ㅠ'는 이중모음이기 때문이다. 특히 'ㅢ'를 발음하기 위해서는 혀가 가라앉았다가 갑자기 입모양이 옆으로 늘어나면서 아래·윗니가 붙고 혀는 입천장 가까이 붙어야 한다(붙이되, 정말 붙어서는 안된다). 이 때문에 '나의 유일한'은 중간에, 즉 '나의' 다음에 끊어 읽거나, 아니면, 그것들만 독립적으로 모아서 읽어야 한다. 처음 읽은 것이 전자의 경우고, 두번째로 읽은 것이 후자의 경우다. 전자의 경우, '나의' 앞에 딸린 말들이 이미 많아서 휴지를 가지지 않을 수 없다. 후자의 경우엔 '나의 유일한'을 내쳐 읽을 수는 있으나, 그 다음엔 휴지를 가져야 한다. 두 경우 모두 '유일한'을 중심으로 '별빛·달(·나)'과 '재즈 카페' 사이에 단절을 만든다. 그 단절은 유일한 재즈 카페의 유일성을 방해하고 낯설음과 복수성을 개입시킨다고까지는 말할 수 없다 하더라도, 어쨌든 완강한 동일성내에 결여의 자리 혹은 낯선 섬을 출현시킨다.

'유일한'은 그 활음상 시적이지 않고, 산문적이다. 그러나, 그 산문적인 것이 모호성을 발생시키고 시를 더욱 시답게 한다. 시는 즉각적 자기 진술이 아니라, 깊고 모호한 암시인 것이다. 그 암시의 기능을 '유일한'이 담당하고 있다.

그렇게 '서시'는 나만의 연주를 하겠다고 선언하고 독자들을 끌어들이고 있다. 과연, 마지막 행에 와서, '서시'의 화자는 속셈을 털어놓는다.

> 그러니 난 연주하고 연주할 뿐,
> 저 강물이 수만의 귀를 일으켜세울 때까지

"혼자서 상처의 끝까지 가보리라"는 마음이 그저 혼자 앓고 혼자 끝장을 보겠다는 뜻은 아니라는 것이다. 나의 혼자만의 연주는 저 '강물'을 목표로 삼고 있다. 강물이란 무엇인가? 물론 그것은 색소폰을 부는 강가의 강물이다. 그러나 그렇다고 해서 어떻게 자연이 '귀'를 일으켜세울 수 있단 말인가? 시인이란 의인화의 대가이니까, 그것은 독자를 바로 지칭하는 것인가? 그러나, 강물은 '호화 객석' '청중'과 바로 대립한다. 그것을 유념한다면, 그 독자는 현실적으로 존재하는 어떤 계층의 독자도 아니다. 강물은 청중 아닌 청중이며, '호화 객석'에 비추어보건대 인간적 예절과 품위를 갖지 않은 청중이다. 그렇다면, 그것은 잠재 독자를 말하는 것일까? 그러나, 잠재 독자란 누구인가? 아직도 가상해볼 수 있는 잠재 독자가 남아 있는가? 오늘날처럼 모든 문화가 공개된 세상에서는 60년대식의 잠재 독자를 가정할 수 없다. 대중이 시에 접근하지 않는다면, 거기에 접근할 수가 없어서가 아니라, 그렇게 하기를 싫어하기 때문이다.

두 가지 문제가 더 남는다. 하나는 재즈는 정말 시의

은유인가, 라는 것이고, 다른 하나는 산문성이 시를 훼손하지 않고 거꾸로 보완하고 있다면, 그것은 유하 시의 어떤 비밀을 이루는 것인가, 하는 것이다. 앞의 문제는, 그것이 밝혀지지 않으면, 지금까지의 해석이 모두 수포로 돌아가니까 미리 풀고, 다음 문제는 나중에 풀기로 하자. 재즈가 시가 아니라면, 지금까지 우리는 헛것을 보고 시와 무관한 저만의 상상을 즐긴 셈이 된다. 시인은 그저 재즈를 시의 소재로 삼았다고 한다면, 어쩔 것인가? 하지만, 재즈가 시의 은유라고 우리는 분명히 말할 수 있다. '재즈'의 제목을 가진 시는 '서시'에 등장할 뿐만 아니라, 시집의 가운데에 9편이 나란히 등장하고, 그리곤 문득 끊겼다가, 마지막에서 두번째에 다시나타난다. 우선 이 사실을 확인하기로 하자. 다시 검토되겠지만 이것만으로도 재즈가 시집의 리듬과 밀접한 관계를 가지고 있음을 짐작할 수 있다.

어쨌든 시인은 '혼자'를 선택하였다. 그 선택이 오히려 독자를 끌어당기고 있다는 것은 이제 밝혀졌지만, 그것을 단순히 시적 전략이라고 말할 수는 없다. 그것에는 시인의 필연적인 이유가 있다. 우선은 정말 시인은 곳곳에서 혼자만의 삶을 선택했음을 밝히고 있기 때문이다: "나만의 이름 모를 샛길에/토마토를 심고 아무도 찾지 않는 열매를 위해/하모니카를 불었지"(11), "나는 홀로 태어났고 홀로 죽어갈 것이다"(38). 그는 신성일처럼 "눈물도 한숨도 나 혼자 집어삼"(94)킨다. 그는 "편입의 안락과 즐거움 대신/일탈의 고독을 택했다"(88). 왜? "집이라는 굴레가, 모든 예절의 진지함이, 그들이 원하는 사람 노릇이, 버겁"기 때문이라고 그는 말한다. 왜 그게 버거웠을까? 우리는 상황적 참조를 통해 한국 사회의 획일성과 부모의 강압과 기대에 따른 청소년들의 일탈과 반항을 연상할 수 있지만, 우선은 시 그 자체를 좇아가는 것이 바람직하다. "사춘기의 나날, 유일한 낙이 있었다면"(98)에 미루어보면, 사춘기 때부터 그는 집을 힘겨워했다. "수음 아니면 절망이겠지, 학교를 저주하며/모든 금지된 것들을 열망하며, 나 이곳을 서성였다네"(92)로 짐작건대, 그때 학교에서 무슨 일이 생겼다. 그러나, 시인은 그것을 끝내 밝히지 않는다. "한 졸부는 지루박에 미쳤고, 그의 아들과 난 부르스 리의/怪鳥音을 지르며 교련 선생 머리에 헤드록을 걸었다"(101)에서 그것이 잠시 암시되지만, 그러나, 그 행위는 오히려 "학교를 저주"한 다음의 결과로 읽히지 원인으로 읽히지 않는다.

그것을 밝히지 않은 채로 시인은 고독을 선택한 자신의 모습을 보여준다. 그 선택을 단순히 시적 전략이라고 말할 수 없는 보다 깊은 이유가 여기에 있다. 왜냐하면, 그 모습을 보여주긴 하는데, 그 모습은 결코 도취와 향락으로 나타나지 않기 때문이다. 그것은 시집 전체를 통해 고뇌로 가득차 있으며, 바로 그 고뇌가 이번 시집의 진앙을 이룬다. '서시'의 재즈가 모순으로 이루어져 있는 것과 상응하여, 그의 고독의 선택은 삶에의 도취이며 동시에 삶에 취한 생의 고뇌이다. 그 고뇌가 어디에서 오는 것인가?

역설적으로 우리는 그 고독자가 누구와 통화하는가를

찾아보는 데서 밝혀질 수 있을 것이다. 이미 보았듯이
그의 고독은 혼자만으로의 침잠이 결코 아니기 때문이
다. 그 고독은 타자를 위한 공백의 자리를 파놓는 고독
이다. "고독을 택했다"고 선언한 바로 그 시에서 화자는
자신의 상대자가 누구임을 보여준다.

> 난 그런 나의 쓸모 없음을 사랑한다
> 그 쓸모 없음에 대한 사랑이 나를 시 쓰게 한다
> 그러므로 난, 나를 완벽하게 이해하는 호의보다는
> 날 전혀 읽어내지 못하는 냉랭한 매혹에게 운명을 걸었다.
>
> ——「달의 몰락」

쓸모 없음이란 집안일에 유용한 자가 되지 못한다는
것을 가리킨다. 그 무용성에 대한 사랑이 그를 시 쓰게
한다. 그 무용성에 대한 사랑은 그러나 폐쇄적인 것이
아니다. 그것은 "나를 완벽하게 이해하는 호의"에 대해
등을 돌리는 행위이긴 하지만, 그러나, "날 전혀 읽어내
지 못하는 냉랭한 매혹"에게 말을 거는 일이다. 아니 더
나아가 시 속의 시인인 화자는 "운명을 걸었다"고까지
말한다. 그의 운명적 사랑의 대화 상대자는 '냉랭한 매
혹'이다. 그런데 '냉랭한 매혹'이란 무엇인가? 그것은
매혹적이지만 냉랭한 사람들 혹은 냉랭하나 매혹적이기
때문에 떠날 수 없는 사람들이라는 뜻일 것이다. 그런
사람들이 누구인가? 그 소리가 밖의 어디로 울려퍼지는
지를 찾아보지 않을 수 없다. 그것은 두 군데로 반향한
다. 하나는 앞에서 본 '서시'이다. 우리는 당연히 이 냉

랭한 매혹이 '서시'의 '강물'의 변주임을 짐작할 수 있
다. 여기서 한 가지 의문이 풀린다. 그가 어떤 잠재 독
자를 '강물'로 은유했다면, 그것은 단순한 의인화, 즉
장식적인 시적 수사가 아니다. 그렇다고 해서, 그것이
자연 예찬론자들의 순수 자연인 것도 아니다. '냉랭한
매혹'의 '냉랭한'이 그대로 가리키듯이, 그것은 인간들
의 통화 수단을 갖지 않은 존재들이다. 다시 말해 그들
은 어떤 이유에서인지 몰라도 지배적 사회 관계로부터
벗어나 있는 자들이다. 그러나, '서시'만 가지고는 그
'냉랭함'이 왜 '매혹'인지는 밝혀지지 않는다. 그것을
알기 위해서는 또 하나의 반향지를 참조해야 한다. 바로
그곳은 시집 제목인 '세운상가 키드의 사랑'이다. 우선
그 이름으로 된 시들을 보기로 하자.

> 흠집 많은 중고 제품들의 거리에서
> 한없이 위안받았네 나 이미, 그때
> 돌이킬 수 없이 목이 쉰 야외 전축이었기에
> 올리비아 하세와 진추하, 그 여름의 킬러 또는 별빛
> 포르노의 여왕 세카, 그리고 비틀즈 해적판을 찾아서
> 비틀거리며 등록 거부한 세상을 찾아서
> 내 가슴엔 온통 해적들만이 들끓었네
> 해적들의 애꾸눈이 내게 보이지 않는 길의 노래를 가르쳐
> 주었네   ──「세운상가 키드의 사랑 1」

세운상가는 버림받은 것들(중고 제품), 금지된 것들
(포르노)이 한데 어우러져 있는 곳이다. 첨단 문명의 형

상을 갖추었으되, 문명의 이름으로 "등록 거부"된 존재들, "고담市의 뒷골목에 뒹구는 쓰레기들의"(104) ('고담'은 '고준담론'의 준말이고, 풍자적으로 쓰인 것이리라) 집합지이다. 하지만 시인은 "이러지도 저러지도 못하는 지독한 마음의 열병"을 앓았을 때 그곳에서야 위안받을 수 있었다. 그곳은 "환희, 유혹"이었고, 그때부터 세운상가는 "욕망의 이름으로 나를 찍어"(98)내어, "종로 3가와 청계천의/아황산 가스가 팔 할의 나를 키웠다." 시인의 "뇌수는 온통 세상이 버린 쓰레기의 즙,/몽상의 청계천이 출렁대"었다. 그렇게 시인은 "쓸모 없는 영혼"(104)이 돼버렸던 것이다. 그러니, 세운상가가 시인의 '냉랭한 유혹'의 장소임은 분명하다.

그러나 이 말은 지나치다. '세운상가'가 매혹의 발생지임은 분명하나, '냉랭함'의 표지는 없기 때문이다. 우리는 '세운상가'의 존재들이 저 '강물'과 동일한 것이라고 확신할 수 없다. 그것은 누구이고 어디에 있는가? 혹시 그것은 세운상가를 경유하되 그것 너머에 있는 것이 아닐까?

아마도 눈이 밝은 독자라면, 네번째 행의 마지막 단어가 특이하게 끼여들어갔음을 알아차릴 수 있을 것이다. 그 '별빛'은 '포르노' 앞에 붙는 상표일까? 그러나, 금지된 것들은 대체로 이름을 갖지 못한다. 이름을 가진다는 것은 세상에 등록된다는 것과 거의 동의어이기 때문이다(올리비아 핫세, 진추하, 세카 등도 이름을 가지고 있다. 그러나 그 이름은 어른들에게나 외국에서 허용되는 것들이기 때문이다. 세운상가에서 그들은 두루 해적판이다). 그 '별빛'이 설혹 상표를 뜻한다 하더라도, 그것은 행갈이에 의해 물건과 떨어져서 겉돈다. 겉돌며 그 쓰레기들에 현혹의 분위기를 부여한다. 따라서 그것은 '서시'의 '별빛'과 의미론적으로 등가이며 기능상으로는 '유일한'과 같은 기능을 하고 있다고 할 수 있다. 다시 말해, 이 뒷골목의 쓰레기들이 시인에게 반짝이는 매혹의 덩어리임을 보여주는 한편으로 그것의 겉돎, 낯설음을 통해 목록 나열의 속도에 제동을 건다.

그러니까, '별빛'은 내용상으로는 세운상가에 매혹의 휘장을 두르지만, 형태상으로는 그 매혹에 딴지를 건다. 그것은 매혹을 나열하면서 그것들에 물음표를 붙인다. 과연, 세운상가의 매혹은 진짜 아름다움이 아니다. 그것은 "캄캄한 허무의 블랙 홀"(92)이고, "포르노의 세상이〔은〕내 사랑을 잠식했다"(98). 그곳에 "진실은 없었다, 오직 후끼된 진실만이 눈앞에 어른거렸을 뿐"(99)이다. 나는 정말 매혹된 것이 아니다. 내가 그렇게 한 것은 "이 세계의 좁은 지하실 속에서 안간힘으로 죽음을 유희하는 것"이 "내가 할 수 있는 〔유일한〕짓"이기 때문이다. 그 도취의 끝간 데에서 "무덤은 너를 군것질하며 줄기차게 삶을 기다"리고 있다.

세운상가 키드의 삶의 끝은 죽음이고 허무이다. 그 속에서 그의 사랑은 잠식당했다. 그렇게 본다면, 그가 원한 건 세운상가를 통해서만 꿈꾸어볼 수 있으나 그것을 통해서는 결코 다다를 수 없는 사랑이다. 하지만, 누구에 대한 어떤 사랑인지 우리는 모른다. 우리가 알 수 있는 것은 그 사랑은 끊임없이 달아난다는 것이다. 그는

"오늘도 〔……〕 끊임없이 다가간다 잡힐 듯 달아나는/ 마음 사막 저편의 신기루를 향하여"(99).

우리는 지시적 참조(한국인의 집단 무의식에 대한), 또는 간-텍스트적 참조(이전 시집들), 그리고 시집 후반부를 통하여, 그의 실제적인 사랑의 대상이 '하나대' 혹은 유년이라고 말할 수 있을지 모른다. 실제로 시인의 그리움은 그 유년의 시절과 장소에 많이 바쳐져 있다. 그러나, 그럼에도 불구하고 그것은 그리 합당한 해석으로 보이지 않는다. 시인이 운명을 건 대상이 '냉랭한' 매혹이라는 것을 다시 상기한다면, 하나대 혹은 유년은 그리움의 대상일 수는 있으나 운명적 내기의 대상은 아니다.

강물, "바다"(77), "자갈"(12), "사막"(99) 등 비유를 제외하고는 어디에도 냉랭한 것은 없다. 그것은 무엇인가? 오히려 우리는 그것의 실체가 없다는 사실 그 자체에 주목을 해야 하는 것이 아닐까? 다시 말해 냉랭함은 부재한다는 사실 바로 그것을 가리키는 것이 아닐까? 부재하는 것은 바로 대답 없는 것이고, 그 대답 없음이 곧 시인과 그것 사이에 차디찬 단절을 만들어주는 것이 아닐까? 과연, "하나대 상나대 연동 막정 유정……"은 생의 활기를 가지고 있지 않다. 그것은 "허물어진 이름들"(115)이다. "할머니의/마지막 호미의 움직임"에서 시인은 "적막은, 온몸으로/저 연기를 숭배하고 있다"(122)고 느낀다. 게다가 그 부재는 완전하다. 그들은 오직 부재로서만 존재한다. 왜냐하면, 실재했을 때,

　　무수히 나를 떠난 사람들,

144

그리고 그들을 떠나온 나, ──「연동 집터를 기리는 시」

가 보여주듯, 나는 그들을 떠났기 때문이다. 시인은 "세상의 모든 아침은 이미 사라졌노라고"(120) 말한다. '이미'는 선험어이다. 그 그리움의 장소는 그가 "가지 않는 길"(112)에 놓여 있기 때문이다. 실제로 가보면, 그것은 "현실이 빠져나간 옛 지옥은/어느덧 천국의 극장처럼 아련하게 서 있다"(106)에서의 옛 지옥일 것이다. 그것은 "다시는 돌아갈 수 없다는, 서글픔 하나로" 아름다울 뿐이다.

이것이 부재의 현실적 까닭이라면, 그것은 동시에 윤리적 태도와 맞물려 있다.

사랑하는 사람들의 가장 큰 욕망이란, 서로의 뇌수 뚜껑을 열어 그 은밀한 다락방을 들여다보고, 그 공간을 완벽하게 지배하고픈 것일지도 모른다 그 다락방조차도 햇빛 가득한 창문을 내고 자신의 살림살이를 들여놓고 싶다는 욕망〔이다……〕 그래도 말할 수 없는 것들이 있다 그것은 숨길 수밖에 없는 그 무엇이 아니라, 원래 침묵의 편에 서 있는 것들이다   ──「네 번의 결혼식과 한 번의 장례식」

모든 욕망은, 사랑의 욕망마저, 소유와 지배에 대한 욕망이다. 그 욕망은 결국 "나를 완벽하게 이해하려는 호의"와 다른 것이 아니다. 그것은 그것이 벗어나려 한 것을 그대로 닮았다. 그 닮음 속에서, "무수한 사람들이 나를 밟고 지나갔다/무수하게 야비한 내가 그들을 밟고 지나갔다"(12). 사랑은 짓밟고 밟혀 상처를 낳는다. 그 사랑에서 지배욕을 없애려면 사랑을 부재시키는 수밖에 없다.

그 부재의 존재론적 표정이 '냉랭한 매혹'이며 그 언어적 형태는 '침묵'이다. 그것은 "숨길 수밖에 없는 그 무엇이 아니라 '원래' 침묵의 편에 서 있"다. 시인의 옛 집은 "충만한 침묵의 집터"(119)인데, 그 집터는 "모든 형태의 마음들이 떠나버린 곳"이다. 다시 말하면, 침묵의 이름으로 진행될 여하한 형태의 추억(마음 풀어내기)도 그곳에서는 존재하지 못한다. 실로, 시인은 말하고 있는 것이다: "슬픔은 없다/그리움도 바람처럼 지나갈 뿐,/다만 집터의 영혼이/서로의 가슴을 오래도록 지배할 것이다." 다시 말해 꽉찬 침묵, 어떠한 말도 틈입을 허용하지 않는 침묵만이 서로의 가슴을 지배할 것이다. 왜냐하면, "모든 말門은 묘지를 향해 열려 있"(84)기 때문이다. 묘지 속에 갇히지 않으려면 침묵 속에 갇혀 있어야 한다.

그렇다면, 그의 잠재 독자는 미래의 독자도 현실 속의 이색 집단도 아니다. 그것은 부재 독자이다. 그러나 그 말은 정말 희한한 말이다. 부재 독자라는 게 도대체 무엇인가? 정말로 그는 읽히기를 거부하는 것인가? 그의 시는 침묵 속에 갇히는 것인가? 그러나, 그런 일은 있을 수 없다. 시인은 말하기로 작정한 사람이다. 침묵은 그에게 영원히 부재할 수밖에 없다.

"냉랭한 매혹에게 운명을 걸었다"고 선언한 바로 그

시에서 시인은 그 매혹을 달에 빗댄다.

> 나를 악착같이 포용해내려는 집 밖에는 보름달이 떠 있다
> 온 우주의 문밖에서 난 유일하게 달과 마주한다
> 유목민인 달의 얼굴에 난 내 운명에 대한 동의를 구하지만
> 달은 그저 냉랭한 매혹만을 보여줄 뿐이다
> 난 일탈의 고독으로, 달의 표정을 읽어내려 애쓴다
> 그렇게 내 인생의 대부분은 달을 노래하는 데 바쳐질 것이
> 다
>
> 달이 몰락한다 난 이미, 달이 몰락한 그곳에서
> 둥근 달을 바라본 자이다
> 달이 몰락한다, 그 속에서 미처 빠져나오지 못한
> 내 노래도 달과 더불어 몰락해갈 것이다
> ──「달의 몰락」

우리는 '달'이 '냉랭한 매혹'의 은유임을 금방 알아차
릴 수 있다. 그러니 관심을 둘 만한 것은 그것 자체가
아니라 달이 둘이라는 것이다. 보름달과 몰락하는 달.
자연적 순환에 기대어 달의 차고 이울음을 생각하면 이
두 달의 이미지는 어려운 이미지는 아니다. 그러나, 거
기에서 시간을 제거하면 그것은 아주 그로테스크한 이
미지로 돌변한다. 그리고 이 시에서 우리는 시간을 제거
하지 않을 수 없다. 우선, "난 이미, 달이 몰락한 그곳
에서 둥근 달을 바라"보았다. 나에게 달의 몰락과 보름
달은 동시적이다. 다음, 내 노래는 달의 몰락 속에서

"미처 빠져나오지 못"했다. 그것은 보름달이 그러했다는 것과 동의어이다. 그 순간 달에게는 더 이상의 시간이 주어지지 않는다. 달은 더 이상 순환적 주기를 되풀이하지 못한다. 달의 몰락은 시간 혹은 길이가 아니다. 그것은 장소 혹은 깊이이다. 물론 시인은 "몰락해갈 것이다"라고 미래형으로 말한다. 그러나, 곧 밝혀지겠지만 그것은 다른 관점에서 읽어야 할 것으로 보인다. 우선, 그것은 '몰락의 운명을 받아들일 것이다'라는 뜻이다. 그것은 미래형이 아니라 영구 현재형이다. 다음, 그럼에도 불구하고 그것을 미래형으로 읽을 수 있다면, 그것은 몰락 이후의 생, 다시 말해 죽음 너머에 있는 생이다. 그것이 무엇인지에 대해서는 우리는 아직 말하지 않았다.

이 두 달의 그로테스크한 이미지는 이미 다른 시에서도 충격적으로 제시된 바 있다.

> 저, 올빼미의 눈
> 숲 하나, 달 두 개
>
> 오, 바람은 이름을 얻지 못하는
> 들풀들의 흐느낌이 되어주고
> 그 흐느낌은 내 모든 세포들을 이끌어
> 저 들판에 풀씨처럼 춤추게 한다
>
> 자귀여, 불귀여,   ──「숲 하나, 달 두 개」

같은 숲에 달 두 개가 있다. 그것이 바로 올빼미의 눈이다. 그 올빼미의 눈은 앞련의 "황홀한 순간의 운동성"
이 불켠 눈인데, 그에 대해서는 아직 살펴보지 않았다.
다만, 지금은 두 달의 상관성만을 주목하기로 하자. 아
래 연에 따르면, 달 하나는 "이름을 얻지 못하는/들풀들
의 흐느낌"이 새어나오는 눈이고 다른 달 하나는 "그 흐
느낌[이] 내 모든 세포들을 이끌어 저 들판에 풀씨처럼
춤추"는 게 환히 비추이는 눈이다. 흐느낌이 곧 춤의 원
동력이며, 따라서 두 달은 실은 하나인데, 극단적으로
다른 모양을 하고 있다. 하나는 '자귀(스스로 돌아감이
라는 뜻이리라)'를 낳고 다른 하나는 불귀를 선고한다.
그런데 자귀가 곧 불귀인 것이다.

　올빼미의 두 눈이 앞시의 몰락하는 달과 보름달에 곧
바로 대응한다는 것은 금세 알아차릴 수 있다. 그리고
이 올빼미의 두 눈에 기대어, 두 달의 의미가 무엇인지
도 쉽게 알 수 있다. 몰락하는 달이 '냉랭한 매혹'의 침
묵, 부재에 대응한다면 보름달은 그것의 침묵의 '충만'
에 대응한다. 그리고 이것이 유하적 상실의 특이한 형태
이다. 부재하는 것, 침묵하는 것은 바로 그 부재, 침묵
으로서 충만하다. 꽉찬 침묵이고 꽉찬 부재이다. 바로
그것이 보름달이다. 꼭찬 삭망이 보름달인 것이다.

　이제 우리는 부재의 형태적 필연성에 대해 알게 되었
다. 그러나, 문제는 아직도 남아 있다. 그것의 현실적
필연성은 무엇인가? 우리의 해석대로, '서시'의 강물이
부재 독자라면, 부재 독자의 충만한 존재성이란 무엇인
가? 그는 자신의 시가 누구에게 읽히기를 기대하는 것인
가?

그것을 살피기 위해 우리는 그가 세운상가 키드라는 것을 상기해야 할 것이다. 그것은 그가 가장 요란한 것, 가장 시끄러운 것 속에서 항상 살고 있다는 것을 뜻한다. 욕망의 이름으로 그를 찍어내어 가짜 환희와 가짜 유혹의 진창 속에서 허우적거리게 하는 그 삶을 그는 택했다(물론, 이것은 시인으로서의 유하를 말하는 것이지 생활인으로서의 유하를 말하는 것은 아니다). 언어의 차원에서 그것은 그가 침묵을 선택하지 않고 가장 시끄러운 수다를 선택했다는 것과 동의어이다(『무림일기』와 『바람부는 날이면 압구정동에 가야 한다』를 상기하는 것만으로 충분하리라). 그는 '냉랭한 매혹'에게 운명을 걸었다고 말하면서 실은 가장 요란한 허망 속으로 진입하였다. 왜, 어떻게 그러고 말았는가?

단도직입적으로 말하면, 침묵은 그의 몫이 아니라는 것을, 시인에게 침묵은 영원히 부재할 수밖에 없다는 것을 그가 알아차렸기 때문이다. 그 내력이 다음 시에 나와 있다.

> 지겨운 햇살과 백수와 그림자 놀이인 비디오와 虛送, 虛頌?
> 시간, 사랑, 마음, 청춘 따위들, 그래 난
> 그 헛되이 보낸 것들에게만 운명적으로 온 관심을 쏟아왔다
> 정확하게 말하면, 난 허송세월에 매달려
> 헛됨을 기리는 자이다
> 〔………〕
> 남들 다 일터에 나간 한낮에 시 한 수 끄적이거나
> 기껏 비디오 한 편 때리고 있노라면, 속이 허심허심

기어이 헛됨을 기리는 자의 불안이 밀려온다
이러다 나 또한 세상에서 영영 분실되고 마는 건 아닐까

그러나 그 불안감 역시 내가 애용하는 신발인 것이다
끈질기게, 허송세월을 걸어가기 위한
　　　　　　　　——「阿庚正傳, 또는 허송 세월」

　화자는 이번엔 '허송세월'에 운명을 걸고 있다. 시집을 하나의 통일체로 이해하고자 하는 사람은(통일성에 대한 전제는 작가와 독자간의 계약 사항이다. 그 계약이 없으면 문학은 존재하지 않는다. 메리 루이스 프래트Mary Louise Pratt의 말을 빌자면, 문학성은 "고도로 보호된 상호 협동의 원칙"에 기대어서 생성된다) 냉랭한 매혹이 허송세월과 곧 동의어는 아니라 하더라도 아주 밀접한 상관관계가 있다고 가정하지 않을 수 없다. 어쨌든 그 허송세월이란 "남들 다 일터에 나간 한낮에 시 한 수 끄적이거나/기껏 비디오 한 편 때리"는 일을 가리킨다. 다시 말해 쓸모 없는 인생을 살아가는 것이다. 그 쓸모 없는 인생이 세운상가로부터 시작되었음은 이미 보았다. 그러나, 이 시에서는 세운상가 시절의 환희와 유혹이 그 허송세월에 붙어 있지 않다. 그 환희와 유혹이 기껏해야 "'후끼'된 진실"에 불과하다는 것을 알기 때문이다. 그리고 그것을 알 때쯤이면, 그는 자신이 돌이킬 수 없이 "목이 쉰 야외 전축"이 되고 말았음도 안다. 기운이 빠질 수밖에 없는 것이다. 그 기운 빠진 자리에 비디오와 시가 있다. 비디오와 시는 환희와 유혹이 제거된 세운상

가이다. 그런데, 왜 시인은 그 허송세월에 매어 살고 있는가? 지금까지의 풀이로 보자면, 그는 침묵과 부재를 선택하였다. 그러나, 살아 있는 자에게 말과 현존은 불가피한 속성이다. 그는 그것들을 없애려 하지만, 그러나, 그것은 없어지지 않는다. 도처에 나는 존재해 있고 도처에 말은 널려 있다. 결여가 결여된 것이다. 라캉의 용어를 빌자면, 그 결여의 결여가 불안감을 이룬다. 그러나, 그렇다면, 그 불안감을 살아낼 수밖에 없다. 과연, 시인은 "불안감 역시 내가 애용하는 신발"이라고 말한다. 불안을 그냥 사는 정도가 아니라, 가장 적극적으로 산다는 것이다. 그것은 침묵과 부재를 선택하되, 수다와 현존을 가장 요란하게 살아봐야 한다는 말에 다름 아니다. 그는 그 무엇보다도 그의 허송세월을 사랑하지 않을 수가 없는 것이다. "그 무엇보다도,/징징대는 자신의 모습을/사랑하지 않았다면/풍뎅이는 벌써 풍뎅이의 삶을 버렸"(30)을 것이다. 다만, 그 징징댐은 단순한 징징댐이 될 수가 없다. 침묵의 방식으로 징징대야 하니까 말이다. 수다와 현존을 살되, 그것을 침묵과 부재의 틀 안에 꽉차게 가두어서 살아야 한다.

우리는 이제 좀더 분명하게 알게 되었다. 수다와 현존을 침묵과 부재의 형태로 사는 것이 유하 시의 운명임을. 그는 "죽음을 양분으로 생을 만든다"(19). 그리고, 그렇다면 '서시'의 강물은 부재 독자이자, 동시에 실제 독자이다. 실제 독자에게 부재 독자의 방식으로 말을 거는 것이 유하 시의 발신 코드이다. 〔문학이라는〕 욕망의 이름에 찍혀서 만들어진 실제 독자에 발맞추면서 그들의 온갖 욕망과 소망을 침묵시키고 부재시키는 것, 그것이 유하 시의 송신 전략이다. 또한 그것은 시인이 '서시'에서 자기 시의 시적 공간으로 제시하고 있는 '재즈 카페'에도 그대로 해당한다. 재즈는 흑인들의 음악으로부터 발원했지만 오랫동안 재즈의 향수자는 개명된 부르주아지이지 일반 대중이 아니었다(프란시스 뉴톤 Francis Newton, 『재즈의 사회학』, 불역본, Flammarion, 1966, p. 233 참조). 그것은 억압받는 계층에서 태어나 고급한 애호가의 음악으로 변신하였다. 그러나, 지금 우리가 보는 것은 재즈 그 자체가 아니라 재즈 카페이다. 재즈 카페가 생길 정도로 재즈는 사방에 자욱하다. 그곳에서 사람들이 북적대며 재즈를 안주삼아 술을 마시며 '허송 세월'하고 있다. 재즈 카페의 단골들이 그렇다고 재즈를 알까? 재즈에 대해서 문외한일뿐더러 재즈 카페 한번 가본 적이 없는 나는 그것까지는 모른다.

우리는 꽤 복잡한 길을 거쳐서 유하 시의 생산 공장에까지 들어가볼 수 있게 되었다. 아마도 그의 시를 오래 읽어온 사람이라면, 이 길이 어쩌면 불가피하게 거쳐가야 할 길이었으리라는 것을 짐작할 수 있을지 모른다. 유하 시의 심원을 어떤 대상에 두지 않고 부재 혹은 침묵의 형태 자체로 파악하는 것은 그의 시를 하나대 혹은 유년으로 환원시키려는 유혹에 대한 저항의 뜻을 지닌다. 대상으로 치자면, 그의 시의 심원은 하나대일 수도 있고, 사랑했던 사람일 수도 있으며, 죽은 친구(56, 112)일 수도 있고, 때로는 그에게 상처를 입힌 사람(32)일

수도 있다. 그 모든 것들을 공통적으로 묶는 것은 대상적 실체성에 있는 것이 아니라, 그것의 부재의 형태에 있다. 그가 "사랑한 건 결국,/네가 아니라 그리움"(64)이었던 것이다. 하나대에 대한 사람들의 유별난 관심은 압구정동과 하나대 사이의 거리가 야기한 일종의 착시에서 왔을 가능성이 크다.

여하간 우리는 유하의 유일한 재즈 카페에 들어서게 되었다. 그 재즈 카페에는 물론 재즈가 흐르겠지만 보통의 재즈는 아닐 것이다. 침묵의 형태로 음악을 연주해야 하니까 말이다. 그것은 어떻게 가능한가? 유하의 재즈 카페에 들어가서 우리가 봐야 할 것은 바로 그 모순을 살아내는 그의 방법론이다.

그 방법론의 기본 형식에 대해 그는

> 그리움은 나의 술잔, 바다를 취하네
> 언젠가 너의 전체를 내 질병과 바꾸어놓으리
>
> ——「취한 바다를 위하여」

라고 말한다. 이때 '취하다'의 '취'는 문법적으로는 취(取)의 뜻이겠지만 취(醉)의 뜻이 강력하게 개입해 있다. 왜냐하면 바로 앞에 붙은 단어 '술잔' 때문이다. 또한 시의 제목도 '취한 바다를 위하여'이다. 그런데, 이 제목부터가 수상하다. 바다가 어떻게 취할 수 있는가? 실제 취한 것은 '나'이다. "몰려오라 노을아, 취한 심장 가까이"라고 그는 말하고 있으니까 말이다. 나의 도취가 그러나 어느새 바다의 대취로 변한다. 어떻게? 우선, 취한 나는 "내가 태어나기 훨씬 전부터/바다"를 "기획해 왔"다. "이제 마음을 풀어 너를 건진다." 다시 말해 바다를 취(取)한다. 한데, 그 바다에는 "수천의 주검을 싣고 돌아오는 고깃배"가 있다. 시인이 바다를 취한다는 것은 곧 주검을 취하는 것이다. 그 주검을 취함은 "삶과 죽음의 끝없는 길항"을 만들고 나는 '배도 없이 떠간다' '배도 없이'란 주검을 취할 삶의 지주가 하나도 없다는 뜻이다. 다시 말해 시인의 삶은 바다의 주검을 먹이로, 식용으로 써먹기 위해 취하는 것이 아니다. 삶의 현실적 지주가 없기 때문에 그의 바다 취함은 결국 바다와 나의 상호 수용의 형식을 취할 수밖에 없다. 나는 "마음을 풀어" 바다를 온통 받아들이고, 바다는 내 풀린 마음을 "남김 없이 해체"해야 한다. 나는 바다로 돌아가고, 다시 말해 나는 수천의 주검 속으로 흩뿌려지고, 그때, 바다의 '전체는 내 질병'이 된다. 그것이 바로 바다의 대취이며, 그 대취는 생의 도취가 아니라 주검과 적막 속으로의 자발적 침잠이다.

'취하다'는 따라서 타동사이자 동시에 자동사이다. 상호 수용의 차원에서 바다와 나는 각각 상대방을 목적어로 가지며, 동시에, 그 일이란 곧 대상에 도취해서 그것 자체가 되는 일이기 때문에 그 행위는 재귀적이다. 때문에 '취하다'는 '서시'의 '유일한'이나 "별빛/포르노"의 '별빛'처럼 모호성의 발생기이며, 전혀 새로운 리듬의 발생 지점이다. 생의 도취를 순간적으로 주검으로의 침잠으로 뒤바꾸고 있으니 말이다.

하지만, 아직은 방법론의 원칙만을 확인했을 뿐이다.

디테일은 밝혀지지 않았다. 죽음과 삶처럼 이 극단적으로 상반된 두 존재가 어떻게 서로를 받아들여 하나로 풀어질 수 있는가?

그 방법론의 앞면에 순간의 운동성이 있고, 그 뒷면에 내러티브가 있다. 우선 앞면부터 말하기로 하자.

앞면의 방법론은 비교적 명시적이고, 동시에, 그것 자체가 시의 고뇌를 이룬다. 시의 고뇌를 이룬다는 것은 그가 거기에서 절망을 체험하였다는 것을 뜻한다. 그 고뇌 그 자체가 시집의 궤적을 이룬다.

삶이 죽음 속으로, 수다가 침묵 속으로 들어가기 위해서는 어떤 인공적인 절차가 필요하다. 시인은 그 절차의 필요성을 무엇보다도 절실하게 느낀다. "서른 셋, 갈수록 멀리 쓸려가는 삶"(11)은 완강히, 아득히 흘러가기 때문이다. 완강히, 아득히 흘러가는 것 속으로 뛰어들 구멍은 이미 있지 않다. 그것은 시인이 파야 할 구멍이다.

그 구멍을 파기 위해 그는 '뻐꾸기'의 전략을 따른다.

> 나는 얌체 뻐꾸기, 절름발이 작곡가
> 차가운 가슴은 저 혼자 알의 노래를 부화하지 못하지
> 불행히도 내겐 햇살의 음표를 집을 부리가 없다네
> 개개비 둥지에 몰래 뱉어논 내 울음의 욕망들
> 제 분신들이 버려지는지도 모르고 새는
> 자신의 목청으로 마침내 내 노래를 완성시키지
> 오, 부화되는 감각, 내 탁란의 노래여
> ──「나는 뻐꾸기로소이다」

시인이 자신을 뻐꾸기로 인식하는 것은 "차가운 가슴" 때문이다. 그것은 곧바로 '냉랭한 침묵'과 대응한다. 차가운 가슴을 가진 그는 "햇살의 음표를 집을 부리가 없다." 그 때문에 그는 개개비의 둥지를 노린다. 그 개개비의 둥지가 곧바로 세운상가, 비디오, 시, 재즈 카페에 대응한다는 것도 우리는 바로 알 수가 있다. "이 세계는 나의 둥지, 숲을 떠밀고 바다를 떠밀어낸/그곳에 내 언어를 풀어놓으리, 난 절름발이 작곡가/내 이름은 뻐꾸기로소이다, 지상의 모든 울대를 빌려/내 노래의 영토는 끝이 없어라"는 데서 알 수 있듯이, 그가 자신의 알을 부화케 할 장소는 그가 택한 현실 세상 그 자체이다. 다만 이 기이한 도둑질, 아니 탁적질인 탁란은 찰나의 순간에만 이루어질 수 있다. 수다 속에 침묵을, 광장 속에 비밀을, 삶 속에 죽음을 삽입시키는, 혹은 그 거꾸로인, 불법적 행위이기 때문이다. 그로부터 정지와 순간의 행동이 태어난다.

> 휘파람새가 비상하기 직전의 날개,
> 그 소리없는 찰나의 전율을 빌려
> 난 너의 내부에 둥지를 튼다
> ──「휘파람새 둥지를 바라보며」

그는 휘파람새가 비상하기 직전의 찰나의 전율을 빌어, 휘파람새의 내부에 둥지를 튼다. 다시 말해, 운동의 원동력을 빌어 그 안에 정지의 공간을 들어앉힌다. 그 정지 속에서 세상과 그는 한몸이 된다.

> 나 이 순간, 살아 있다
> 나 지금 세상과 한없는 한몸으로 서 있다
> ——「그리움을 견디는 힘으로」

아마도 다음 시구는 그런 찰나적 정지의 "황홀한 순간의 운동성"이 가장 화려하게 연출하는 풍경 중의 하나일 것이다.

> 부른 배를 움켜쥐고 탁란의 기회를 엿보는 뻐꾸기,
> 날아오라 바람의 어미들아, 집착의 눈알은 꺼지고
> 마음은 정지한다, 일순 숨을 멈춘 일몰이여
> 새들은 소멸하는 노래로 발을 씻어
> 적요 앞에 경배한다
> 마지막 노을의 불화살이 부엉이의 숲을 점화시키고
> 저녁의 둥지 속엔 태양의 탁란,
> 둥근 알이 노랗게 떠오른다   ——「저물녘을 노래하다」

시가 그리고 있는 것은 일몰의 풍경이다. 그 일몰의 풍경은 몰락의 흐름 속에 놓여 있다. 그 몰락의 흐름 앞에서 아직도 삶의 생기를 누리고 싶어하는 집착의 눈알은 노을처럼 벌개진다. 그렇다고 몰락의 진행이 멈추지는 않을 것이다. 그 몰락의 진행은 예정된 운명이다. 하지만, 시인은 몰락을 그대로 따라가거나 아니면 생에 대한 집착으로 몰락에 대해 저주의 비명을 지르지 않는다.

"몰려오라 바람의 어미들아"의 '바람'은 앞에서 인용된 시구에서의 '비상하기 직전의 찰나의 전율'과 등가이다. 그것은 예정된 흐름의 연장이다. 연장이되, 시인에 의해서 능동적이고 반란적인 순간 운동으로 돌변할 센 바람이다. 시인은 몰락을 그대로 따르되, 그것에서 '(몰락)해감'의 운동력을 갈취해낸다. 그리고 그 포착의 순간, "집착의 눈알은 꺼지고/마음은 정지한다." 일몰은 "일순 숨을 멈"춘다. 그리고, 어떤 일이 벌어졌는가? 똑같은 노을인데, 더 이상 집착의 노을이 아니라, "불화살"의 노을인 것이 "부엉이의 숲을 점화시"킨다. 그리고 태양이 둥그렇게 탁란된다. 지는 해는 돋는 해가 된다. 어떻게 가능했겠는가? 일순 숨을 멈춘 일몰의 정지 속에 순수 운동 에너지가 작동하고 있었기 때문이다. 시인은 "소멸 '의' 노래"라고 적지 않고 "소멸 '하는' 노래"라고 적어 정확히 그 에너지의 작동을 표현하면서, "발을 씻어"를 통해 그 에너지가 소멸함, 몰락함으로부터 소멸과 몰락을 씻어내고 '함'만을 추출한 데서 나오는 것임을 보여주고 있다. 그 순수 운동 에너지가 소멸을 '적요'로 치환시키고 그 적요 앞에 몰아친 바람의 힘으로 새들은 일제히 날아오른다. 그 날아오름은 새 세상의 탄생을 준비하는 경배와 같다. 소멸의 자연적 시간은 정지하고 적요, 즉 장엄한 적막의 인공적인 장식적 시간이 탄생한다. 후자의 시간이 전자의 시간을 대체한다.

변신·운동·과장·장식이 바로크의 특징적 양상들이고, 전체에 대한 부분들의 종속이 아니라, 부분들의 변개에 의한 전체의 형성이 바로크의 지향이라면, 유하의 시는 그런 의미에서, 적막의 바로크라 부를 수 있다. 숨죽인 적막 속에서 바람은 몰아치고 새들은 일제히 날아오르며, 노랗게 물든 태양이 부화하는 것이다. 그 부화할 태양은 노랗다. 다시 말해 잔뜩 병적으로 달아올라 있다. 가장 밀도 짙은 소란이 적막 속에 꽉차 있는 것이다. 물론 중요한 것은 그 명칭이 아니라, 그 명칭 속에 우리가 집약시키는 유하 시의 이념이자 구조이다. 적막의 바로크는 너저분한 몰락을 너른 적요 속의 집중된 소란으로 뒤바꾼다. 그것은 자연의 운동을 인공적으로 변환시켜 그것의 자연성에 저항한다. 그것은 그 저항을 통해, 몰락 속에서 전혀 새로운 탄생을 감지시킨다.

아마도 유하의 재즈는 그런 일탈과 집중이 하나로 된 바로크적 재즈(이런 말이 가능하다면)일지도 모른다. 난 재즈에 대해 문외한이지만, 시집이 가르쳐주는 바에 따르면, 재즈는 '즉흥성'과 '일탈성'과 '무질서'를 특징으로 갖는다. "즉흥적으로 이 세상에 와서/재즈처럼 끌리는 대로 그렇게 살다 가리니"(60)는 재즈의 즉흥성을, "재즈처럼, 예정된 멜로디의 행로 바깥에서"(11)는 그것의 일탈성을, "두서 없는 재즈의 육체가 부러웠어"(62)는 그것의 무질서함을 가리킨다. 사전에 의하면, 재즈의 기본 형식은 두 가지로 대별되는데, 블루스풍의 비교적 안정된 코드 진행을 가지는 12소절 형식이 그 하나라면, 다른 하나는 "전형적으로 8소절의 4파트로 나뉜 4/4박자 32소절로 이루어지는, 대중 합창곡의 AABA 형식이다. 그 각 파트는 파트 A, 파트 A의 되풀이, 파트 B('교량' 혹은 '풀림.' 가끔 새로운 음조의 시작이 된다),

파트 A의 반복으로 이루어진다"(*Encarta 95*, Microsoft Corporation, 1994 중 루이스 포터Lewis Porter가 작성한 'Jazz' 항목 참조). 파트 A의 지속적인 되풀이 속에서 하나의 새로운 파트가 잠깐 태어나 원래 음조를 풀었다가 사라지거나[풀림] 아니면 새로운 음조의 시작을 알린다[교량](맨 앞에 분석한 '서시'의 행은 바로 이 두번째 기본 형식의 구조와 정확히 대응한다. 그러니, 시인이 그저 재즈를 수사로 이용한 것이 아님을 알 수 있으리라). 그러나 유하의 재즈는 파트 A의 되풀이 속에 갇힌 파트 B의 강도를 높여, 그것을 파트 A들의 길이와 크기에 맞먹을 만한 것으로 확대시킨다. 다시 말해, 그의 재즈는 상투성, 통일성, 질서에 대한 훼방만을 의미하는 것이 아니다. 그러한 훼방은 기껏 그가 훼방놓는 것의 아류가 될 뿐이다. 그는 "결코,/삶이 죽음의 아류가 되는 것을 원치"(62) 않는다. 그의 재즈는 "마음의 불협화음"(60)을 일으키되, 그로부터, "영혼에 구멍을 뚫고 색소폰을"(61) 부는 것이다. 그때 그의 재즈는 삶을 울리는 "거대한 관악기"가 된다.

> 삶은 거대한 관악기
> 음악이 되고 싶은 자만이,
> 더운 바람의 절규가 되어
> 그 길고 어두운 울림통 속을 뚫고 들어가지
> ──「재즈 4」

그 더운 바람의 절규는 그러니, "산 자보다 더 간절하게 삶을 노래"(67) 한다. 그것은 지금의 질서보다 더욱 간절한 질서를 꿈꾸는 것이다. 그러한 재즈가 실제로 있는지 나는 모른다. 그러나, 다시 시집에 의하면, 그것은 재즈 그 자체에 있다기보다, 재즈 아티스트들의 생에 있다. "밤이면 삶에 취해 색소폰을 불던 사내"인 "소니 롤린스"(59), "빌딩 위에서 투신 자살했다"는 "쳇 베이커"(66)의 생 말이다. 그들의 삶은 "즉흥적 멜로디에 몸서리"친 생이다. 그 몸서리는 재즈의 즉흥·일탈·무질서를 단숨에 세상의 질서 전체와 비견되고 그것을 대체할 새 질서에 대한 열망으로 솟구치게 한다. 물론 그들의 생이 그대로 보여주듯이 그 열망은 '죽음의 광기'이다. "삶이란 외마디 발광,/죽음 앞에서 미칠 수 없다면/이 생명의 황홀한 빛은 나를 맛보지 못"(38)할 것이다.

순간의 운동성, 그것이 유하 시의 첫번째 방법론을 이룬다. 그 순간의 운동을 통해 침묵 속에 집약된 소란, 부재 속에 충만한 현존, 일탈의 집중이 생산된다. 그러나, 그 방법론은 해방과 혁명의 방법론이 아니라 고통과 고뇌의 그것이다. 그것은 죽음의 광기이기 때문이다. 순간의 황홀은 순간의 고통과 범벅이 된다. 현실적으로 그 순간의 생은 찰나적이고 그 나머지는 온통 죽음이기 때문이다. 그것을 시인은 "새라는 육체의, 타고난 휘발성"(16)이라는 수일한 이미지로 제시하고 있다. 그 휘발성이란 곧 황홀한 순간의 순식간의 소멸, 즉 죽음을 말한다.

셔터를 누른다 살아 있는 나비의 육체를 핀으로 찌르듯
그녀가 웃, 는다 하나 나비의 현란한 율동은
정지된 나비의 몸을 벗어나 저 혼자 날아가버리고
다만 채집된 것은 내 생의 짧은 열락뿐
　　　　　　　——「사진 속엔 그녀가 살지 않는다」

에서처럼 그녀의 미소는 카메라에 찍히는 순간, 날아가
버린다. 남는 것은 그녀의 미소가 아니라 "내 생의 짧은
열락뿐"이다. 그 순간이 지나면, 모든 "구체적인 표정과
몸짓은/얼음 화살처럼 지워져버"(32)린다. "내가 산비둘
기라고 쓰는 순간,/나의 언어 바깥에서 그의 전체를 운
반하던/숭고한 山의 이미지는/허공의 또 다른 산비둘기
품속으로 순식간에 날아가버"(27)린다. 그러니, 매혹은
언제나 "몸의 빗장 밖에 서 있는/매혹의 악령"(31)이다.
"나는 별빛의 렌즈를 통해, 움직이는 매혹/그 존재의 신
비를 희미하게 목격할 뿐이다"(38).
　　찰나의 나머지는 온통 죽음일 뿐이다. 내 모든 황홀
한 순간은 "폭죽처럼 흩어지는 죽음 흉내내기"였을 뿐이
다. 그러나, 그 찰나가 그대로 비연장의 성질을 갖는 것
은 아니다. 어쨌든 그것은 무엇인가를 남긴다. 내 생의
짧은 열락, "다친 마음의 흔적"(32), 희미한 존재의 신
비, "새가 아니기에 터럭처럼 가벼워지지 않는 상처"
(12)가 남는다. 그 남는 것들이 유하 시의 두번째 방법
론의 재료가 된다.
　　남는 것들은, 당연히, 생의 운동을 잃었으므로 썩는
다. 매혹의 진실은 휘발해도 그 감각은 남고, 그것들은

남아 부패한다: "축제의 폭죽은 싸늘한 먼지로 사라지고/ 펄럭이던 혀와 술잔은 어둠의 얼룩으로 메말라 있다" (54). 그 메말라 붙어버린 것들은 시인의 상상력을 "썩 은 물이 고인 저수지"(49)로 만들고, 그가 "지나온 곳 〔을〕 늘 쓰레기 더미로 가득"(22) 차게 한다. 그는 탄식 한다. "욕망한다는 것,/그 자체가 쓰레기의 끝없는 재활 용일 뿐"(60). 그 탄식의 끝은 자신의 몸에 욕망의 대롱 이 꽂혀 있다는 섬뜩한 이미지이다.

    이제 장미는 문을 닫았고, 늦은 욕망만이 내 몸에 대롱을
    꽂는다   ——「술과 장미의 나날」

    내 모든 순간의 운동들은 욕망이 내 몸에 대롱을 꽂 고 나를 빨아먹는 것에 불과하다. 그렇게 빨아먹히고 남 는 것들은 쌓여 지독한 쓰레기 냄새를 풍긴다.
    하지만 "생이 엎질러진 곳에 생이 있"(31)다! 무슨 말 인가? 시인은 순간의 황홀로부터 부패의 영구 진행의 세 계로 되돌아왔다. 그는 더 이상, 세운상가 키드로 돌아 갈 수도, 하물며 순간의 폭죽을 다시 꿈꾸지도 못할 것 이다. 그러나, 바로 그것 때문에, 그는 죽음과 같이 살 기 시작한다. 좀더 정확히 말하면, 몰락의 흐름과 같이 살게 된다. 그런데, 그곳에서도 여전히 살아 있는 게 있 었다. "늪지대 악어 같은 혀의 움직임"(22)이 바로 그것 이다. 왜냐하면, 남은 쓰레기들은 모두 순간의 운동성이 남긴 감각들, 열락들, 죽은 언어들이기 때문이다. 그는 끝내 말을 버리지 못한다. 그리고 그렇다면, "나는 영원

한 진행중이다/부패가 결코 나를 죽일 수는 없으리라/정지된 나를 흐름의 고향으로 되돌려줄 뿐"(19). 그는 죽음 이후의 생을 살기로 작정한 것이다. 그 죽음 이후의 생이란, 순간 운동의 휘발과 부패가 그를 말의 종착역으로 인도했을 때, 바로 그 "말의 종착역에서 거꾸로 거슬러올라가기를 꿈"(85)꾸는 것이라고 시인은 말한다. 거꾸로 거슬러올라간다는 것은 무엇을 말하는가? 바로 그것은 몰락과 황홀과 부패의 내력에 대해 말하는 것이 아닐 수 없다. 시인은 그의 온 생애(물론 그 생애는 시적 생애이다) 그것에 대해 말하기로 작정한 것이다. "길이 끝나는 곳에서, 그 길은 내 암흑의 내부를 걷기 시작"(53)했던 것이다.

이제 우리는 마지막 질문에 대답할 자리에 도착하였다. 그의 시를 산문성이 보완하고 있다는 것 말이다. 그 질문에 대해 이제는 산문성은 바로 내러티브의 씨앗이라고 대답을 할 수가 있다. 다시 말해 시 안에 시의 내력을 끼우고 포개놓는 것이다. 그래서 어쩌겠다는 것인가? "인생이라는 뻔한 내러티브의 드라마"(71)를 욕망의 대롱에 꽂힌 그의 몸부림 속에 집어넣어, 그 몸부림을 영구 진행시키겠다는 것이다. 순간 운동의 황홀과 고통이 그 내러티브에 힘입어 끊임없이 되풀이되는 것이다.

유하 시의 뒷면의 방법론을 이루는 내러티비티는 그가 놀랍게도 최두석의 '이야기 시'의 영향을 받았음을 보여준다. 그 이야기 시가 최두석에게서 이야기와 시의 일치에 대한 의지로 실천되고 있다면, 유하의 내러티브는 시를 어긋나게 하고 일탈시킨다. 일탈시키면서 그것들을 산포시킨다. 그 일탈 덕분에 시는 수없이 많은 제 분신을 되풀이해 생산하고, 시가, 다시 말해, 그 "쓸모 없는 생"이 시도되는 출발점이, 그 최초의 의지가 그것 의 절망과 함께 영원히 되살아나는 것이다. 때문에, 그 의 내러티브가 시작되는 지점은 순차적 지점이 아니라, 논리적 지점이다. 다시 말해, 우리가 "그는 더 이상, 세 운상가 키드로 돌아갈 수도, 하물며 순간의 폭죽을 다시 꿈꾸지도 못할 것이다"라고 말했을 때, 그의 내러티브 이후엔 오직 적막만이 있다고 말할 수가 없는 것이다. 왜냐하면, 그 내러티브 속에서 순간의 폭죽들이 영구히 되살아나 터지고 있기 때문이다. 그러니, 그의 산문성은 그 자체로서 시적 상상력이다. 그것은 "오물의 상상력" 이다.

> 오물의 상상력으로 말한다 몸부림치며
> 썩어가는 모든 것들이여, 모든 쓰레기의 악령들이여,
> 내게로 임하라 내가 썩으며, 장미 먹는 벌레처럼
> 아름다움의 영토를 토해내리니
>
> ──「드루 배리모어, 장미의 이름으로」

그러니, 우리는 시적 실천 자체가 또한 '적막의 바로 크'를 그려 보여주고 있다고 말하지 않을 수 없다. 인생 이라는 뻔한 내러티브의 드라마 속에 인식(사실)과 선언 (태도)과 방법론(이념)과 이미지(실천)가 동시에 하나로 뭉쳐져 나타나고 있기 때문이다.

나방이 날아간다 불빛의 퇴폐를 향하여
날개의 상투성이 견딜 수 없는 것이다
거미 여인의 키스, 저 죽음과 바꾸고 싶은!
더 이상은 자기 육체가 아닌 곳으로
내려가고 싶다, 악수하라 몸의 빗장 밖에 서 있는
매혹의 악령이여, 나방이 날아오고
관능의 침묵 끝에 매달려 거미 여인이 웃는다
긴 독사 혀의 외줄을 타고 삶의 절정을 맛보듯
죽음을 위반하세요, 당신은 아주 즐겁게
파먹힐 거예요 은빛 그물은 광기의 그리움,
생이 엎질러진 곳에 생이 있어요, 그의 광기가
마침내 중독된 삶의 권태를 살해하리라
거미 여인의 날카로운 키스여, 나방이 날아간다
일상의 어둠 저편으로 날개의 족쇄를 내던지며,
식욕의 殺意가 빚어낸 저 황홀한 무늬의 퇴폐,
끈끈한 덫의 은빛 유혹 속으로 ——「거미 여인의 키스」

　이 시는 그 자체로서 충분히 아름답다. 시는 바슐라
르가 제대로 날 수가 없다고 폄하한 '잡색의 나비' 보다
도 더 지저분한 잡색인 나방이 어떻게 나는 것보다도 더
강렬한 이미지를 표출할 수 있는가를 훌륭히 보여주고
있다. 그 이미지의 뛰어남은 잡색의 나방이 상투적인 날
기를 포기한 대신에 퇴폐 속으로 몸을 내던지는 행위를
통해 비상과 추락을, 삶과 죽음을, 욕망에의 먹힘과 욕
망의 분출을 하나로 압축시키고 있다는 데서 온다. "식
욕의 살의(殺意)가 빚어낸 저 황홀한 무늬의 퇴폐"는 그

응축이 빚어낸 가장 현란한 이미지 중의 하나이다. 그러나, 이 시를 자세히 분석하는 것은 지금의 목표가 아니다. 그것은 우리의 긴 이야기 속에서 충분히 암시되었다. 다만, 우리가 주목하고 싶은 것은 그 응축은 동시에 용해이기도 하다는 사실이다. 다시 말해, 이 집약성의 시 속에는 해조(解調)의 이야기가 개입해서 집약과 용해를 반복시킨다. 우선, 어조의 다양한 변화. 전반적인 묘사 속에 대화("악수하라" "있어요")와 독백("살해하리라") 들이 끼여들어서 말 그대로 시를 '잡색'으로 만들고 있다. 다음, 그 어조의 변화는 바로 시적 위상의 변화와 밀접하게 연관된다. "악수하라 몸의 빗장 밖에 서 있는"은 상황 인식과 미지근한 열망을 순식간에 뜨거운 선언으로 바꾼다. 그 선언이 곧 상황(죽음)의 위반을 낳는다. 위반은 곧바로 "긴 독사 혀의 외줄을 타고 삶의 절정을 맛"본다는 방법론을 탄생시킨다. 그것은 "은빛 그물은 광기의 그리움"이라는 묘사로 현재화·사실화되고, 그럼으로써, "생이 엎질러진 곳에 생이 있"다는 하나의 보편적 명제, 즉 시적 이념을 도출해낸다. 그러나, 그 이념은 동시에 이념의 해체이기도 하다. 왜냐하면, 그것은 스스로 "아주 즐겁게/파먹"히는 것이기 때문이다. 그것은 스스로의 몸, 즉 시적 행위를 살해하는 일이다. 즉, "중독된 삶의 권태를 살해하"는 일이다. 불빛의 퇴폐를 향해 날아가는 그 활동, 그 황홀한 순간의 운동성이 살해당하는 것이다. 바로 그것을 미래형 독백이 수레가 되어주고 있다. 그 독백은 그의 파먹힘이 재귀적 파괴·해체임과 상응한다. 그 자기 해체·파괴를 통해

본래의 리듬은 깨진다. 리듬을 깨되, 그냥 깨는 것이 아니라, 한편으로 그 생의 내력을 만들면서 다른 한편으로 그 생을 무수한 조각들로 흩어 재탄생시킨다. 어미 거미를 파먹은 새끼 거미들은 어미 거미의 그 생을 더욱 요란하게 되풀이할 것이다. 첫 행의 "나방이 날아간다"는 단수형이지만, 13행의 그것은 복수형이라고 말하지 않을 수 없다. 그 해체와 분산, 폭발과 결정의 되풀이의 끝은 묘사이되, 동사가 생략된 묘사이다. 마지막 행의 "끈끈한 덫의 은빛 유혹 속으로"에 걸리는 동사는, 문법적으로는, 13행의 "나비가 날아간다"이지만, 그 행들 사이의 거리만큼 묘사의 리듬은 충분히 약화된다. 묘사의 리듬이 약화되는 대신에 미지의 동사가, 아니 마치 13행의 그 나방이 복수형인 것처럼, 무수한 새끼 동사들의 활동이, 들어갈 자리가 큰 공백으로 남는다. 그 공백 속에 유하 시의 인식·선언·방법·이미지가 부재의 형태로 꽉차게 된다. 독자는 그 안에 그것들을 몽땅 한꺼번에 집어넣으려는 충동을 느끼지 않을 수 없다. 실로 그 적막의 바로크 속으로, 꽉찬 침묵의 재즈 속으로, 재즈 카페의 허랑한 철새인 독자들은 휩싸여 들어가지 않을 수 없는 것이다. 그에게 이제 재즈 카페는 영원한 생의 지옥이 되리라. 이 지극히 일상적인 카페 속에서, 번잡한 소란과 미지근한 대화들 속에서 그는 문득 그것들의 저편, "일상의 어둠 저편"에 끈끈이에 잡히듯 잡히고 말고, 다시는 빠져나오지 못할 테니까 말이다. ▨